Contos e fábulas do Brasil

Marco Haurélio

Contos e fábulas do Brasil

Ilustrações
SEVERINO RAMOS

Classificação e notas
PAULO CORREIA

NOVALEXANDRIA

5ª Reimpressão – São Paulo – 2021

© *Copyright*, 2011, Marco Haurélio
5ª Reimpressão, 2021

Todos os direitos reservados
Editora Nova Alexandria
Avenida Dom Pedro I, 840
01552-000 São Paulo SP
Fone/fax: (11) 2215-6252
E-mail: novaalexandria@novaalexandria.com.br
Site: www.novaalexandria.com.br

Colaboração: *Lucélia Pardim*

Ilustrações: *Severino Ramos*

Revisão: *Thiago Lins* e *Wilson Ryoji Imoto*

Projeto gráfico, editoração eletrônica e capa: *Viviane Santos*

CIP-BRASIL. CATALOGAÇÃO-NA-FONTE
SINDICATO NACIONAL DOS EDITORES DE LIVROS, RJ

C781

Contos e fábulas do Brasil / [organização] Marco Haurélio ; ilustrações Severino Ramos ; classificação e notas Paulo Correia. 5ª ed. – São Paulo : Nova Alexandria, 2021.
   il.

Contém dados biográficos
Inclui bibliografia
ISBN 978-85-7492-265-2

   1. Folclore - Brasil. 2. Antologias (Conto folclórico). 3. Antologias (Fábula brasileira). I. Haurélio, Marco, 1974-. II. Ramos, Severino. III. Correia, Paulo.

11-3760.		CDD: 398.2	
		CDU: 398.2	
21.06.11	27.06.11		027447

Em conformidade com o Acordo Ortográfico da Língua Portuguesa.
Nenhuma parte deste livro pode ser reproduzida sem a autorização expressa da Editora.

Sumário

Prefácio
Os contos populares no século XXI   09

CONTOS DE ANIMAIS   13

1. O cavalo e os macacos   17
2. O macaco e a onça   18
3. A onça, o coelho e o jacaré   20
4. A onça e o gato   23
5. A botina do amigo bode   24
6. O bem se paga com o bem   26
7. O macaco e a velha   28
8. A festa no céu   29
9. O curiango e a *andalua*   31
10. O sapo boêmio   32

CONTOS MARAVILHOSOS   33

11. A menina e o Velho do Surrão   44
12. O cavalo encantado   46
13. A fazenda assombrada   48
14. O homem que tentou enganar a Morte   50
15. O noivo defunto   51
16. A Serpente Negra   53
17. O príncipe Cavalinho   56
18. A Moura Torta   58
19. Angélica mais afortunada (O príncipe Teiú)   64
20. O príncipe Cascavel   67
21. Maria Borralheira   69
22. O corcunda e o zambeta   73
23. O Diabo e o andarilho   75
24. A afilhada de Santo Antônio   77
25. O compadre rico e o compadre pobre   80
26. A princesa de chifres   83
27. O gato preto   85
28. O galo aconselhador   88

Contos Religiosos   89

29. São Brás   94
30. Nossa Senhora e o favor do bêbado   95
31. São Pedro tomando conta do tempo   96
32. O ladrão que tentou roubar Jesus   97
33. Jesus e as duas mulheres   99
34. A madrasta malvada   100
35. Jesus, São Pedro e os jogadores   101
36. A mãe de São Pedro   103
37. O gato preto e a mulher maltratada   105
38. Os dois lavradores   108
39. História do teimoso   109
40. São Longuinho   110

Contos Novelescos   111

41. Bertoldo e o rei   118
42. Camões e os bois do rei   120
43. Toco Preto e Melancia   121
44. Os três conselhos sagrados   124
45. O Urubu-Rei   128
46. O testemunho das gotas da chuva   131

Contos do Ogre (Diabo) Estúpido   133

47. Pedro Malazarte e o rei   137
48. Com menino nem o Cão pode!   139
49. A idade do Diabo   140

Contos Jocosos (Facécias)   143

50. A preguiçosa e o cachorro   149
51. A mulher preguiçosa   150
52. Camões e a burra   152
53. O urubu adivinhão   153
54. Presepadas de Camões   154
55. O menino e o padre   157
56. O preguiçoso   159

Contos de Fórmula — 161

57. O gato e a raposa — 164
58. A coca — 166

Contos não Classificados — 169

59. A sogra perversa — 175
60. Adão e Eva — 177
61. O ingrato — 178
62. O negociante — 180
63. O caçador — 181
64. A mendiga — 182
65. O bicho Tuê e o grilo — 183
66. O macaco, o vaqueiro e a onça — 187
67. O gavião e o urubu — 188
68. O homem que foi para a guerra — 189
69. Caveira, quem te matou? — 191
70. A Mãe d'Água do São Francisco — 193

Vocabulário — 194

Bibliografia — 196

Classificação e Notas — 199

Bibliografia — 213
Para classificação e notas de Paulo Correia

Biografias — 215

OS CONTOS POPULARES NO SÉCULO XXI

Os contos que integram a presente coletânea resultam de um árduo trabalho que, nos dias atuais, só poderá ser feito com paciência e desprendimento. Reminiscências da infância ou colhidos da fonte popular com o auxílio de valiosos colaboradores, estes contos têm aquilatada a sua importância, pois são sementes de um remoto passado que ainda vicejam no século XXI. A predominância dos contos maravilhosos, ou contos de encantamento, mais propensos ao desaparecimento, por sua estrutura narrativa mais complexa, deve motivar o interesse dos pesquisadores, posto tratar-se de uma recolha recente, por isso mesmo comprobatória da tenaz resistência das manifestações populares. No garimpo, pude comprovar, com Paul Sébillot, que as mulheres são as melhores narradoras, principalmente quando se trata do conto maravilhoso. À mulher, durante muito tempo ligada às tarefas do lar, cabia a instrução primeira do filho, e o conto sempre foi uma das formas manifestas dessa educação desde tempos imemoriais.

O folclorista russo Vladimir Propp foi além, buscando comprovar *As raízes históricas do conto maravilhoso*, no estudo que hoje é referência para os que se debruçam sobre o assunto. Segundo Propp, ritos semiesquecidos sobrevivem no conto, que fornece importantes dados para investigação. Teófilo Braga, em Portugal, enxergava no conto tradicional costumes desaparecidos, estranhos aos olhos dos seus contemporâneos, mas perfeitamente adequados a uma idade pretérita. A esse respeito informa Câmara Cascudo: "O conto popular revela informação histórica, etnográfica, sociológica, jurídica, social. É um documento vivo, denunciando costumes, ideias, mentalidades, decisões e julgamentos".[1]

---

1. *Contos tradicionais do Brasil*, Prefácio, p. 12.

O conto de fadas, por exemplo, pode ser estudado sob vários prismas. Ao pesquisador cabe escolher o método que julgar mais acertado. Ao povo, a quem só interessam o lazer e os múltiplos sentimentos que tais narrativas evocam, cabe sua divulgação. A psicanálise, principalmente a partir dos estudos de Marie-Louise von Franz e Bruno Bettelheim, levantou novas possibilidades de análise e de leitura dos contos de fadas, num mundo em que se busca esconder da criança o conhecimento da doença e da morte. Mitólogos, a exemplo de Heinrich Zimmer e Joseph Campbell, estabeleceram liames entre as narrativas míticas, os ritos, os sonhos e o inconsciente.

OBRA COLETIVA

Uma coletânea de contos tradicionais, em qualquer época, será sempre um trabalho coletivo. Dos autores anônimos que, desde a aurora dos tempos, elaboram e reelaboram tais histórias, aos contadores (retransmissores) atuais, que dão seu toque particular à narrativa, a história percorre as veredas do tempo e do espaço, acomodando-se em ambientes os mais diversos. Como nas regiões rurais, onde a imaginação infantil povoa as serras, os rios e o além do horizonte com os personagens das histórias contadas pelos mais velhos. Nos centros urbanos, o conto pode ser o primeiro contato da criança com o mundo da literatura, ainda próxima da oralidade. Afirmar, como muitos o fazem, que os contos populares, base da literatura infantojuvenil, estão defasados, fora de moda, antiquados, é querer negar às crianças o direito à imaginação e ao sonho.

GRATIDÃO

Alguns contos desta coletânea nasceram de um trabalho escolar levado a cabo quando eu lecionava Língua Portuguesa no Colégio Joana Angélica, em Igaporã, Bahia, em 2005. Aproveito para agradecer a meus ex-alunos Lucas, Luan, Tamares, Natália, Jayne, Lidiane, Misael, Vinicius, Andressa, Eduarda, Joelmir e Jerley, que redescobriram o encanto das narrativas populares. E a Giselha Fróes, ex-colega do curso de Letras da Universidade do Estado da Bahia, *Campus* VI, Caetité, pelo precioso auxílio no registro (gravado) das histórias narradas por sua avó, Maria Rosa Fróes. Esta senhora e Jesuína Pereira Magalhães (1915-2013), na época da recolha com 90 anos, contribuíram enormemente para este trabalho, sem lhe adivinhar a importância, de maneira absolutamente desinteressada. E, assim, ajudaram a manter viva a tradição milenar outrora tão apreciada nas cortes, como denuncia o apêndice de algumas histórias:

> *Entrou pelo pé do pato,*
> *Saiu pelo pé do pinto.*
> *Manda o **rei**, meu senhor,*
> *Que contasse cinco.*

Ou ainda:

> *Entrou pelo pé do pinto,*
> *Saiu pelo canivete.*
> *Manda o **rei**, meu senhor,*
> *Que contasse sete.*

Igualmente fundamental para que esse trabalho chegasse a bom termo foi o adjutório que recebi d'além-mar. As notas e a catalogação ficaram a cargo do Dr. Paulo Correia, do Centro de Estudos Ataíde Oliveira – CEAO – da Universidade do Algarve, Faro, Portugal, onde é editada a revista *E.L.O.* (Estudos de Literatura Oral). Importantes também foram José Joaquim Dias Marques e Isabel Cardigos, criadores e mantenedores do CEAO, sempre generosos e solícitos, compartilhando comigo seu vasto conhecimento. Muitos pontos antes obscuros, ao menos para mim, se aclararam com tão prestimosa colaboração. Destaco também as conversas elucidativas com Daniel D'Andrea, o mais brasileiro dos argentinos, contador de histórias e estudioso das tradições populares. E ao Professor Bráulio do Nascimento, emérito catalogador do conto e do canto popular, ofereço mais estas flores colhidas no jardim da tradição.

A todos, a minha gratidão.

Marco Haurélio

Contos de animais

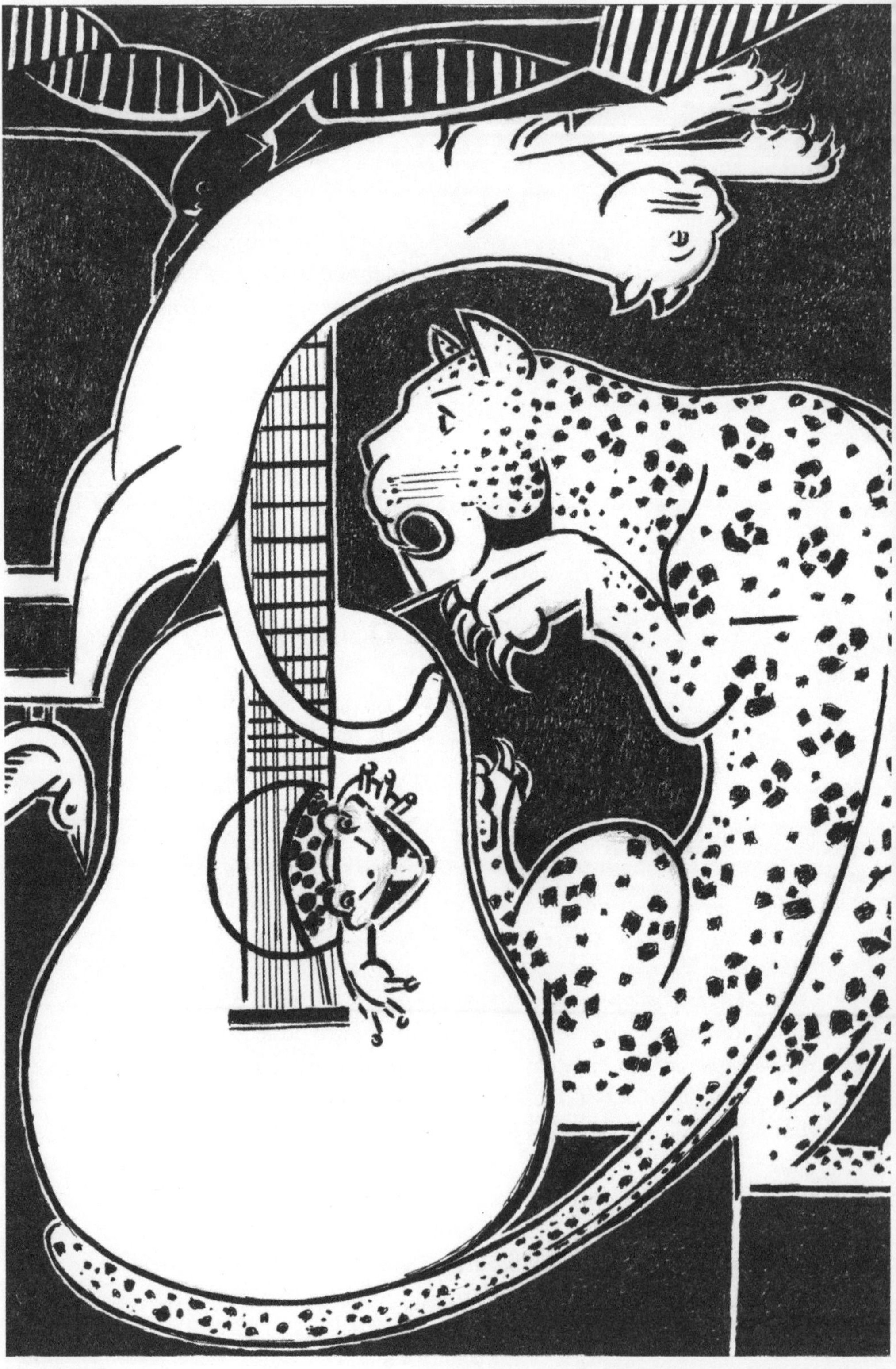

A presente coletânea abre com uma seção composta por contos de animais (*animal tales*), conforme a ordem adotada para a classificação internacional, o sistema ATU. Desde que o geólogo canadense Charles Frederick Hartt escreveu o ensaio pioneiro *Amazonian tortoise miths*, publicado em inglês, no Rio de Janeiro, em 1875, muitos outros estudiosos já foram a campo em busca de material etnográfico, reunindo contos de animais, que supunham ser de origem indígena. A coletânea de Hartt trazia oito histórias do jabuti, a tartaruga amazônica do título, cumprindo o papel de animal mais fraco que derrota o mais forte por meio da astúcia. Um ano depois, viriam a lume as fábulas coletadas pelo general Couto de Magalhães e reunidas no livro *O selvagem*, publicado em tupi e em português.

  Passemos, então, à nossa coletânea. Em *O cavalo e os macacos*, o protagonista é um animal que aparece geralmente como auxiliar mágico nos contos maravilhosos. A história corre o Brasil em verso e prosa. Um *A.B.C. dos macacos*, com a prevalência de estrofes de oito versos, foi publicado por Rodrigues de Carvalho no *Cancioneiro do Norte* (1904). Aluísio de Almeida registrou, entre os *Contos do povo brasileiro*, coletânea paulista de 1949, *O cavalo que se fingiu de morto*. *O macaco e a onça*, fábula que contrapõe a esperteza do mais fraco à estupidez do mais forte, é o nosso segundo conto. A onça, por sinal, aparecerá nas três histórias seguintes subjugada por animais mais fracos: coelho, gato e bode. *A onça e o gato*, fábula já antiga no tempo de Esopo, faz parte dos *Contos populares brasileiros*, de Lindolfo Gomes, *O pulo do gato*, e dos *Contos populares do Brasil*, de Silvio Romero. Reunindo motivos variados, como o do *tarbaby* (o boneco de cera), *A onça, o coelho e o jacaré*, colhido em Igaporã, Bahia, é, em seu tema prevalente, a fábula *O macaco que pediu sabedoria a Deus* dos *Contos folclóricos brasileiros* (Marco Haurélio, 2010). Na coletânea da Costa Rica, *Cuentos de mi Tía Panchita* (1920), Carmen Lyra traz dez narrativas do tío Conejo. Numa delas, *Por qué tío Conejo tienes las orejas tan largas*, mostra o coelho, no céu, pedindo a Nosso Senhor que lhe aumentasse o tamanho para escapar aos predadores. Este pede que ele lhe traga peles de onça (tigre), leão e lagarto. Depois de realizar a façanha, recorrendo a burlas, Nosso Senhor se nega a ajudá-lo, por já julgá-lo esperto o suficiente, gerando protesto. Deus, então, pega-o pelas orelhas, e, depois de umas boas sacudidas, o coelho se contenta em ficar do mesmo tamanho. As orelhas, no entanto, haviam crescido desproporcionalmente.

O motivo central de *O bem se paga com o bem* foi registrado desde o século XII na coletânea humorística *Disciplina clericalis*, de Petrus Alfonsus. Na história *O macaco e a velha*, reaparece um tema mais comum em Portugal: o da velha que tenta se livrar dos predadores escondida numa cabaça, como na versão de Coimbra, registrada por Adolfo Coelho. Lá, o infortúnio é desencadeado pela curiosidade. Aqui, pela esperteza maldosa do macaco. Nos *Indian fairy tales*, de Joseph Jacobs, um cordeirinho, oculto num tambor, burla todos os animais, à excessão do chacal, que o devora. Alguns contadores de histórias profissionais, que lançam mão de recursos teatrais, têm divulgado este conto com um final "feliz", prestando um desserviço aos ouvintes, geralmente crianças, aos quais julgam proteger.

A botina do amigo bode, conto raro na área lusófona, aproxima-se de um episódio do *Roman du Renard*, protagonizado, obviamente, pela raposa: caindo de febre, o leão convoca a raposa, esperando que esta encontre a cura. Ela sugere que o rei dos animais cinja os rins com uma correia retirada da pele do lobo. Chamado à presença do leão, o lobo é forçado a deixar a raposa extrair a correia, não sem protesto: "Da pele que não é vossa tirai correias largas". Daí, segundo Teófilo Braga, proveio o anexim popular: *Da pele alheia grossa correia*.[2]

Há, ainda, uma versão incomum e, por isso mesmo, muito engraçada de *A festa no céu*, com um sapo farrista e azarado. No conto etiológico *O curiango e a andalua* encontramos uma explicação curiosa para a origem do canto destas duas aves agourentas, outrora comuns nos campos do Nordeste. Equivale à fábula portuguesa *O cuco e a poupa*, também recolhida por Adolfo Coelho.

Fecha a primeira seção *O sapo boêmio*, parente próximo de *A preguiça*, dos *Contos e fábulas populares da Bahia*, de João da Silva Campos. Neste conto, a lerdeza do animal (presente até no nome) difere da irresponsabilidade de nosso sapo, que simplesmente abandona ou retarda a sua missão — buscar a parteira — para cair na farra.

---

2. *Literatura dos contos populares de Portugal*. In: *Contos tradicionais do povo português*, v. 2, p. 23.

1. O cavalo e os macacos

Um fazendeiro, que era dono de um cavalo muito trabalhador, enfrentava um sério problema: as plantações estavam sendo atacadas por macacos. Era macaco até não poder mais! O cavalo, já cansado de tanto trabalhar, propôs ao patrão:

— Se eu der um jeito nesses macacos, o senhor me dá *alforria*?

O homem concordou e o cavalo seguiu para a roça. Depois, parou num determinado ponto e se fingiu de morto. Um a um, os macacos foram se achegando. Um deles, o que era o chefe, falou:

— Vixe! Onde tem uma carniça! E agora? O que fazer? Vamos tirá-la do meio do caminho.

E os macacos começaram a tirar cipó e a trançar cordas. Em seguida, amarraram o cavalo e começaram a puxar. Foi ajuntando macaco, até que o cavalo levantou e correu com essa macacada segura, arrastando tudo para a casa do dono da fazenda. O homem prendeu os macacos e os levou para uma mata do outro lado do rio, onde foram soltos. E o cavalo, como prêmio, ficou forro.

Guilherme Pereira da Silva,
Serra do Ramalho, Bahia.

2. O macaco e a onça

Os bichos fizeram uma festa, e a onça convidou o macaco. Ela pensava num jeito de almoçá-lo. Ele, que de besta não tinha nada, pensou em recusar. Então, disse:

— Não posso, amiga onça; estou muito doente para caminhar, mas se você me deixar montar nas suas costas, eu vou.

E tanto o macaco insistiu que a onça acabou aceitando. Aí o danado começou a fazer exigências:

— Então deixa eu botar um *bichinho* nas suas costas.
— Ah! Já quer me botar sela? *Tá* bom, eu deixo.
— Agora, deixa eu botar um *bichinho* na sua boca.
— Ah! Já quer me botar brida pra tirar *tirão*? *Tá* bom, eu deixo.
— Agora, deixa eu botar aquele *bichinho* no meu pé.
— Ah! Já quer calçar espora? *Tá* bom, eu deixo.
— Agora, deixa eu pegar aquele *bichinho* que bate nas costas.
— Ah! Já quer usar chicote? — a onça refugou, mas também acabou aceitando: — *Tá* bom, eu deixo.

E o macaco se mandou para a festa, encalcando a espora na onça. Quanto mais ela pulava mais o macaco descia-lhe o chicote no lombo. Quando chegaram, a onça já estava *virada no bicho*. O macaco desceu e a amarrou no mourão. O malandro entrou no salão e sambou a noite toda. Depois comeu um grande pedaço de carne e atirou os ossos para a onça, que, *retada* pelo vexame, começou a chamar:

— Vem logo, amigo macaco!
— Vou hoje, vou amanhã! Vou hoje, vou amanhã!

Quando o macaco resolveu ir, o dia já estava amanhecendo. Então ele chamou os outros bichos:

— Vem, gente, *orear* a onça pr'eu montar.

Depois montou e saiu em disparada, tão rápido que bateu num pau, caindo macaco pra um lado, sela pra outro, deixando a onça livre. A onça, então, o ameaçou:

— Vou te esperar na bebida, amigo macaco! — e ficou montando guarda na beira do córrego.

Passou o tempo, e o macaco estava morto de sede, mas não ousava se aproximar do lugar com medo de a onça vingar a desfeita. Aí o macaco achou um jeito de enganá-la de novo: pegou umas cabaças e um machado e passou perto da amiga, que lhe indagou:

— Aonde vai, amigo macaco?

— *Vou ali furar umas abelhas.*

— Então traz um pouco de mel pra mim.

— Trago sim, amiga onça.

O macaco encheu as cabaças de mel e a algibeira de espinho. Chegando à bebida, disse pra onça:

— Fecha os olhos e abre a boca.

Ela desconfiou, mas o macaco despejou um pouco de mel em sua boca e, assim, enganou a tonta, que pediu mais:

— Mais um pouco, amigo macaco.

— Lá vai! — disse o macaco, e despejou todo o espinho na boca da onça, que, engasgada, saiu em disparada, deixando a bebida livre para o macaco, enfim, matar a sede.

***Jacinto Farias Guedes**,*
Brejinho, Igaporã, Bahia.

3. A onça, o coelho e o jacaré

O coelho foi ao céu pedir o crescimento a Deus. Feito o pedido, Deus lhe disse:

— Para ter crescimento, você me trará uma presa de onça e outra de jacaré!

O coelho saiu matutando como faria para conseguir as presas. Resolveu dar um baile na beira da lagoa e chamou o sanfoneiro para tocar uma *pé de bode*. Nisso, o jacaré pôs a cabeça pra fora da lagoa, e o coelho tratou logo de convidá-lo.

O jacaré aceitou o convite, e o coelho empurrou bebida nele.

A tantas horas, o jacaré ficou tonto e o coelho pegou o martelo e deu-lhe uma pancada, mas errou o golpe. O jacaré afundou-se na lagoa e desapareceu. Passaram-se três dias e o coelho resolveu fazer um baile do outro lado da lagoa.

O jacaré pôs a cabeça fora d'água com um pano amarrado no queixo. E o coelho o convidou:

— Vem pra festa, amigo jacaré!

— Eu não, porque do outro lado da lagoa teve um baile, e me deram uma martelada numa presa.

O coelho saiu-se com essa:

— Lá, o baile era de *moleque*, mas aqui é de *homem*! — e levantou o copo, mostrando a pinga ao jacaré, que na mesma hora caiu no samba. Quando o jacaré já estava tonto, o coelho arrancou-lhe a presa, que estava mole da primeira martelada.

Noutra ocasião, quando encontrou a onça, ele propôs:

— Amiga onça, em *tal lugar* vai ter uma festa.

A onça se interessou e o coelho passou os detalhes. No dia marcado, ela chegou para ir com ele à festa. Mas o coelho inventou uma desculpa:

— Eu não vou poder ir, pois estou adoentado e me sentindo fraco. Mas, amiga onça, se eu pudesse ir montado na senhora...

A onça, doida para ir à festa, aceitou levar o coelho em suas costas. Ele montou e, mais à frente, disse:

— Se eu pudesse colocar um cabresto aqui, para ficar mais seguro?!

A onça se negou e o coelho insistiu até ela permitir. Quando ele montou na onça, disse:

— Se eu pudesse colocar um trem chamado brida para segurar o cabresto...

Então a onça permitiu. O coelho foi pedindo para pôr uma coisa, outra, até que arreou a onça toda. Já montado, disse:

— Só falta uma coisinha: as esporas.

A onça quis negar, mas, pensando melhor, disse ao coelho:

— Amigo coelho, vamos combinar uma coisa: pode pôr as esporas, mas vamos parar afastado da festa para você retirar toda essa tralha.

O coelho concordou e seguiram viagem. No caminho, apontou um homem de cera, que ele havia feito, e mostrou-o à onça:

— Amiga, aquele homem quer nos matar.

A onça pulava daqui, pulava dali, ouvindo o coelho dar as ordens:

— Bate a mão!

Ela bateu e ficou presa.

— Agora a outra!

Ela bateu e ficou mais enroscada ainda.

— Bate a cara agora, amiga onça!

Vendo a onça enroscada, o coelho danou o martelo na presa, mas só conseguiu amolecer. Com a pancada a onça escapou e ganhou o mato. Então o coelho voltou para casa e planejou outro truque. Passado um tempo ele resolveu chamar a onça para ir à festa novamente. No dia marcado, fez a mesma coisa de antes: colocou todo o arreamento. A onça aceitou, pois queria passá-lo no papo. Dessa vez, porém, ele pedia a ela que fosse mais devagar, porque estava meio doente. Era *treita* pura, pois, assim que chegou perto da festa, encalcou as esporas na onça. Depois, deixou-a amarrada no mourão. As outras onças que iam chegando, quando avistavam a companheira amarrada, falavam:

— Comadres, vamos embora que essa festa não está pra onça!

De madrugada, o coelho se despediu da bicharada, pegou a presa da onça, que já estava mole, e arrancou com facilidade. Depois, montou nela e foi-se embora. Mas, sabido que era, agarrou-se aos galhos de uma grajueira, sem que a onça notasse. Quando chegou a casa, e percebeu que o coelho não estava, ela sacudiu os arreios e disse:

— Ele me paga, vou esperá-lo na aguada!

De fato, ela foi esperá-lo. Mas o coelho pegou uma navalha e raspou todos os pelos do corpo. Foi até a fonte e saciou a sede, sem ser incomodado.

A onça, depois, muito desconfiada com o sumiço do coelho, foi até a toca dele e pôs o sapo de vigia. O coelho, então, saiu da toca, sem o sapo lhe incomodar. Quando a onça foi tomar satisfação, o sapo disse:

— Pelado saiu, cabelouro ficou!

A onça enfiou a pata no buraco e deu com um tufo de pelo. Imaginando que era o coelho, tentou agarrar, mas a navalha quase lhe decepa a pata.

E o coelho? Foi até o céu e mostrou a Deus as presas dos bichos, mas Ele se negou a conceder-lhe o crescimento, pois o danado já era muito crescido em esperteza. Como o coelho insistisse, Deus pegou-o pelas orelhas e jogou-o de volta à terra. Assim o coelho teve o crescimento... mas só nas orelhas!

Seu Domingos,
Igaporã, Bahia.

4. A onça e o gato

A onça ficava sempre de olho no gato, admirada de sua ligeireza. Para não ficar atrás, aproximou-se dele e fez-lhe uma proposta:
— Ô amigo gato, vou lhe pagar para me ensinar esses pulos que só você conhece.

O gato, meio sem querer, acabou concordando. E começou a ensinar a onça como pular: pulava de lado, para cima, para a frente. A onça se mostrava interessada, mas dizia para si mesma:

"Depois eu lhe pego, amigo gato!".

Quando as lições terminaram, os dois se despediram. Outro dia, o gato passava por um carreiro. A onça, escondida em cima de um barranco, mirou em sua direção. Quando ela pulou em cima do gato, e já o imaginava em suas garras, o danado deu um salto para trás. Justamente o salto que ele não ensinara para ela.

Decepcionada e envergonhada, a onça falou:
— Ô amigo gato, esse pulo aí você não me ensinou!

O gato, livre do perigo, desdenhou:
— E eu lá sou besta de lhe ensinar tudo?! Se eu lhe ensinasse, você teria me matado.

E a onça nunca conseguiu pegá-lo.

Guilherme Pereira da Silva,
Serra do Ramalho, Bahia.

5. A botina do amigo bode

No tempo em que os bichos falavam, o leão já era o mais valente dos animais. O bode preparou um beiju e foi *furar umas abelhas* para comê-lo com mel. Quando ele menos esperava, chegou a onça indagando:
— Que *tá* fazendo aí, amigo bode?
— *Furando umas abelhas* para almoçar beiju com mel, amiga onça.
— Pois pode almoçar seu mel que, daqui a pouco, eu almoço você!
O bode ficou morto de medo. Com pouco, chegou o leão:
— Que faz aí, amiga onça?
— Esperando o bode almoçar para depois almoçá-lo.
— Ah, bom! E depois que você almoçá-lo, eu lhe almoço!
Agora quem ficou morta de medo foi a onça.
O bode, então, começou a caminhar no lajedo — *prac! prac! prac!* — , o que chamou a atenção do leão:
— Ô amigo bode, de que são feitas estas botinas tão bonitas?
O bode, esperto, respondeu:
— De couro de onça...
A onça cismou quando o leão pediu-lhe:
— Tire aí, amiga onça, um pedaço de couro e dê para o amigo bode me fazer uma botina.
A onça refugou, mas, com medo, tirou uma lasca de couro que ia da queixada à ponta do rabo. O leão levou-a ao bode que a passou no mel. O leão provou, gostou e comeu. Não satisfeito, foi pedir mais uma lasca de couro à onça. Ela torceu daqui, torceu dali, mas o jeito foi aceitar. Aí o bode passou no mel novamente:
— Segure aí, amigo leão...
O leão papou o outro pedaço e olhou para a onça:
— Quero outra lasca de couro, amiga onça!
A onça, morrendo de medo, ficou naquele tira-não-tira, até que conseguiu escapulir na carreira... O leão desconfiou e correu atrás:
— Quero meu couro de botina, amiga onça! — mas não conseguiu alcançá-la.

O bode voltou correndo para o chiqueiro e, dessa forma, safou-se de ser devorado pela onça.

Ana Pereira Cardoso*,*
Serra do Ramalho, Bahia.

6. O bem se paga com o bem

Um dia, um homem encontrou um jacarezinho debatendo-se fora d'água. Com pena do bichinho, pegou-o e jogou-o de volta ao rio. Passou o tempo e o homem precisou atravessar o mesmo rio, mas o encontrou muito cheio. Nisto apareceu um jacaré enorme, que era o mesmo salvo por ele. O jacaré lhe disse:
— Não se lembra de mim? Eu sou aquele jacarezinho que não morreu por sua causa. O que eu posso fazer por você?
O homem disse que queria atravessar o rio, e o jacaré se ofereceu para levá-lo. Já no meio do rio, com o homem escanchado em suas costas, o jacaré disse:
— Agora vou pagar o favor que você me fez, pois o bem se paga com o mal.
— Não, jacaré! — disse o homem, assustado. — O bem se paga com o bem.
— Então vamos perguntar a três bichos; se eles concordarem que o bem se paga com o bem, eu deixo você ir. Caso contrário, eu lhe devoro...
Adiante viram o cachorro, e o jacaré perguntou:
— Amigo cachorro, o bem se paga com o bem ou com o mal?
O cachorro respondeu:
— O bem se paga com o mal, porque quando eu era forte tinha boa casa, vivia enrolado em fios de ouro. Agora que estou velho e cheio de carrapatos, ninguém quer saber mais de mim.
O homem, ouvindo aquele julgamento, começou a ficar preocupado. Descendo o rio, avistaram o burro, que foi interrogado pelo jacaré:
— Amigo burro, o bem se paga com o bem ou com o mal?
— O bem se paga com o mal — o burro respondeu —, pois quando eu era novo e podia trabalhar, todo mundo me queria bem, só comia capim bom, meu dono me colocava sela de ouro. Agora que estou velho e só ando dando coices, ninguém me quer mais.
O jacaré, então, disse para o homem:
— É, amigo homem, só falta mais um bicho. Se ele disser que o bem

se paga com o mal, é o mal que você vai ter!

Mais adiante avistaram a raposa. O jacaré perguntou:

— Amiga raposa, o bem se paga com o bem ou com o mal?

A raposa fez sinal para se aproximarem, e disse:

— Fale mais alto, pois estou *parida* de pouco e com algodão nos ouvidos.

O jacaré repetiu a pergunta e a raposa respondeu:

— Amigo jacaré, o bem se paga com o bem.

Enquanto a raposa entretinha o jacaré, o homem se aproveitou e escapuliu, livrando-se do mal. Depois de livre, o homem disse para a raposa:

— Amiga raposa, espere aqui que vou lhe mandar um presente por ter me salvado a vida.

A raposa ficou esperando uma remessa de galinhas, mas quando chegou a encomenda, que ela abriu, de dentro saltaram dois cachorrões, que saíram correndo atrás dela.

Jacinto Farias Guedes,
Brejinho, Igaporã, Bahia.

7. O macaco e a velha

Uma velha foi convidada para almoçar na casa de sua filha, que morava do outro lado da mata. No caminho, quase foi devorada pelos animais; mas sempre conseguiu escapar. Na hora de voltar, a filha, preocupada com a mãe, arrumou um jeito de ela passar pelos bichos sem ser reconhecida: a velha entrou numa cumbuca que a filha empurrou com força, ladeira abaixo. A cumbuca ia rolando enquanto os bichos, sem entender direito o que acontecia, indagavam dela:

— *Ô sua cumbuquinha,*
Você não viu uma velhinha?

E a cumbuca respondia:

— *Eu não vi velhinha*
Nem peravelhinha.

Desse jeito, a velha já havia engabelado todos os bichos, menos o macaco, que, desconfiado daquilo, atirou uma pedra na cumbuca.
— Ai! — respondeu a cumbuca.
— É a primeira cumbuca que sente dor! — disse o macaco, descobrindo o *quengo* da velha, que acabou sendo devorada pelos bichos da mata.

Jacinto Farias Guedes,
Brejinho, Igaporã, Bahia.

8. A festa no céu

Ia haver uma festa no céu e o amigo urubu convidou todos os bichos. A juriti, que era cantora afamada, foi convocada para animar a festa. Nesse tempo, o sapo andava em pé, e era muito farrista. Encontrou-se com a juriti, que estava polindo a garganta. Logo que viu o sapo, ela começou a zombar dele:

— É, amigo sapo, você não pode ir à festa do amigo urubu no céu, pois não tem asas! E vai ser uma festança danada! Mas é só para os bichos que voam.

O sapo pediu:

— Oh, amiga juriti, me leva!

— Levo nada. Você é muito pesado. Quando voltar da festa, eu lhe conto como foi.

O sapo garantiu que não perderia a festa por nada, e a juriti riu pra danar dele.

No dia da festa, ele arrumou um jeito de se enfiar na viola do urubu, que era o tocador. O urubu sentiu que a viola estava pesada, mas não parou para ver o que era, pois, sendo ele o tocador, não poderia chegar atrasado.

No céu se achava toda espécie de bicho de asas, se alegrando, dançando e comendo muito. Nisso, para surpresa de todos, surge o sapo. O danado comeu, bebeu e dançou até altas horas. Depois, lembrou-se da volta e, sem que ninguém o visse, se meteu na viola do urubu.

A festa ainda estava animada e a juriti, maldosa, achou de provocá-lo:

— *Tá* todo mundo aqui, só o sapo não! Tá todo mundo aqui, só o sapo não!

O besta do sapo, em vez de ficar quieto, achou de colocar a cabeça pra fora da viola e responder:

— *Ói* eu aqui, *ói* eu aqui, aqui, aqui!

O urubu, brabo com o engano, pegou o sapo e disse que ia jogá-lo lá embaixo. Então o sapo pediu que o jogasse na água, mas não jogasse no lajedo (o lajedo era seu amigo). O urubu estava com raiva e disse:

— Eu vou lhe jogar é no lajedo, seu miserável!

E jogou o sapo, que ia caindo e gritando:
— Lajedo, abre os braços! Abre os braços, lajedo!
O lajedo ouvia, mas não conseguia entender direito, pois o sapo estava muito alto. Quando foi entender já era tarde, e o sapo se estatelou em cima dele — *Pof!!*

Aí o sapo quebrou a coluna, e desse dia em diante não andou mais em pé.

Nelcina Alves (Mãe Nelcina),
Serra do Ramalho, Bahia.

9. O curiango e a *andalua*

Certa vez, houve uma grande festa, e a *andalua* (mãe-da-lua) chamou o curiango:

— Ô amigo curiango, está acontecendo um festão. Você não vai?

— Amiga *andalua*, eu não tenho roupa de festa; só vou se você me emprestar a sua.

— Mas, amigo, só tenho esta.

— Não tem problema. Eu vou e daqui a pouco volto para que você também possa ir.

O curiango, matreiro que só ele, tanto insistiu que acabou fazendo a *andalua* ceder-lhe a única roupa que tinha. E lá foi ele para a festa, prometendo voltar rápido. O tempo passou e nada de o curiango voltar. A *andalua*, ouvindo a animação da festa, começou a se desesperar. O curiango caiu no samba e não pensou em mais nada. A *andalua* começou a gritar:

— Traz! Traz! Traz!

E o curiango, respondendo:

— Amanhã eu vou! Amanhã eu vou!

E até hoje quem os avista nas matas ouve a mesma cantiga:

— Traz! Traz! Traz!

— Amanhã eu vou! Amanhã eu vou! Amanhã eu vou!

Jacinto Farias Guedes,
Brejinho, Igaporã, Bahia.

10. O sapo boêmio

A mulher do sapo estava aborrecida (em dias de ter *menino*) e ele teve de sair às pressas para buscar a parteira. Acontece que no caminho ele esbarrou numa festa e caiu no samba, esquecendo a obrigação. Passados seis meses, o *infusento* se lembrou da esposa e do filho que estava para nascer. Foi ao alambique, comprou um galão de pinga e correu pra casa, numa pressa danada. Quando ia entrando, tropeçou num sapinho, que se arrastava no assoalho, e se embolou pelo chão, derramando toda a pinga. Cego de raiva, o sapo gritou:

— O Diabo que carregue tanta pressa!

Dona Dora,
Serra do Ramalho, Bahia.

Contos maravilhosos

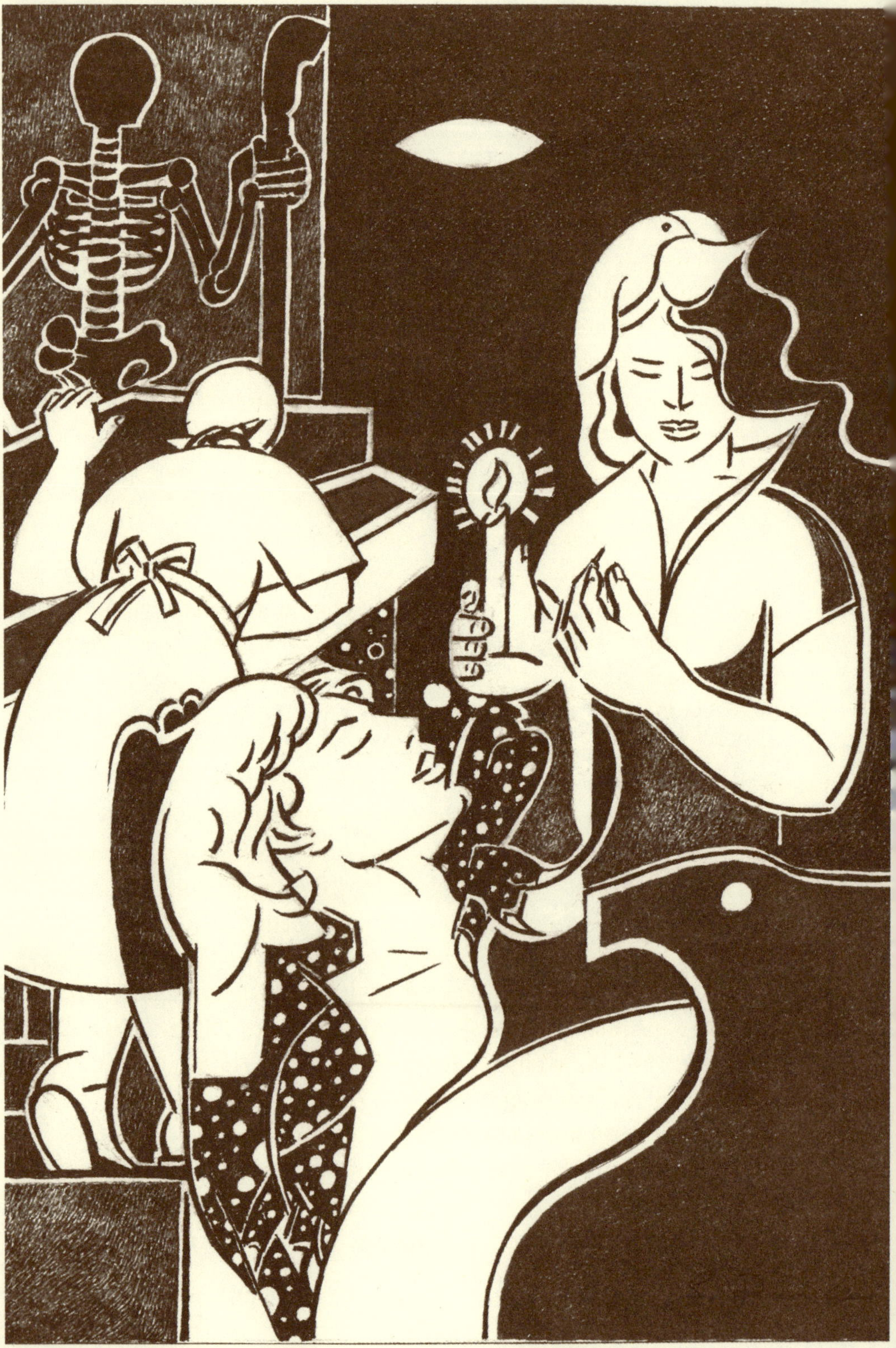

E sta segunda seção reúne os contos maravilhosos (*fairy tales*), contos de fadas ou de encantamento. A primeira história, *A menina e o Velho do Surrão*, é quase sempre narrada com propósito exemplar. O antropólogo Nina Rodrigues a incluiu no estudo *Os africanos no Brasil*, com o título *A menina dos brincos de ouro*. Câmara Cascudo aponta uma origem oriental e justifica as versões espanholas e portuguesas pela presença árabe nestes dois países. Teria entrado no Brasil com os escravos africanos. Blaise Cendrars e René Basset recolheram e divulgaram variantes africanas. A grande massa de andarilhos e pedintes, especialmente no Brasil do século XIX, ajudou a imaginação popular a tradicionalizar o conto.

O cavalo encantado, que trata da disputa mágica entre um feiticeiro e seu aprendiz, possui tantas versões e variantes, que só é possível selecionar algumas, a título de comparação: *O criado do estrujeitante*, dos *Contos populares portugueses*, XV, de Adolfo Coelho, é o exemplar lusitano do Ourilhe. *O afilhado do Diabo*, de Câmara Cascudo, é a mais conhecida variante brasileira. Pelo menos três folhetos de cordel recontam a história. O primeiro, *Vitória de S. Cipriano sobre Adrião, o Mágico*, de Joaquim Batista de Senna, foi editado pela Casa dos Horóscopos, de Juazeiro (CE). O segundo, *O feiticeiro do reino do Monte Branco*, de Minelvino Francisco Silva, publicado pela editora Prelúdio, de São Paulo, apresenta um enredo mais próximo das versões tradicionais. Recentemente, a Tupynanquim Editora, de Fortaleza, lançou *Duelo de bruxos ou o pombo e o gavião*, de autoria do lendário Bule-Bule. O motivo da disputa final foi reaproveitado no desenho animado em longa-metragem dos Estúdios Disney *A espada era a lei* (EUA, 1964, de Wolfgang Reitherman), no duelo mágico entre o Mago Merlin e a Madame Min.

Os três contos seguintes tratam da morte. Em *A fazenda assombrada*, o protagonista é o herói que sai pelo mundo em busca do medo, o qual desconhece, motivo presente em tantas histórias, como *O príncipe sem medo* e *A história de um homem que saiu pelo mundo afora para aprender a tremer*, dos Grimm, e *O homem que não conhecia o medo*, do russo

Aleksandr Afanas'ev. *João-sem-medo*, a versão espanhola, traz o episódio dos pedaços do fantasma que despencam do telhado para testar a coragem do herói. O motivo está na literatura de cordel brasileira, em duas histórias clássicas no gênero: *João Soldado, o valente praça que meteu o diabo num saco*, de Antônio Teodoro dos Santos, e *O príncipe João Sem Medo e a princesa da Ilha dos Diamantes*, de Francisco Sales Arêda. O pernoite na casa assombrada é a condição que, se superada, dará ao vitorioso o tesouro de uma alma penada.

O medo de morrer é o eixo central do quarto conto desta seção, *O homem que tentou enganar a Morte*. Não existe, neste, o motivo da morte madrinha, temporariamente lograda pelo compadre taumaturgo, presente em *O compadre da Morte* (*Contos folclóricos brasileiros*); mas, no final, o homem descobre, como Sísifo, a infalibilidade da morte.

O ancestral de *O noivo defunto* é a balada *Lenore*, do poeta romântico alemão Gottfried August Burger, que deu forma literária a um gênero antes restrito à poesia jogralesca. Esta balada, que trouxe grande prestígio ao autor, foi vertida para o português por Alexandre Herculano. Leonor — a protagonista — blasfema contra o céu por imaginar que o amante, Guilherme, morrera na guerra, mesmo com as instâncias da mãe para que não cometa tal insanidade. Mas nada a demove, conforme a quadra a seguir:

> "— Minha mãe, inútil crença!
> Que bens me tem feito Deus?
> Padre-nossos!... padre-nossos!...
> Que importam rezas aos céus?"

Ao surgir, inesperadamente, um cavaleiro, no qual a moça reconhece o amado, ela o acompanha imaginando ser conduzida a um casamento. Depois de diálogos que pressagiam um final trágico, o "noivo" pergunta:

> "— Tremes, cara? A lua é pura.
> Depressa o morto usa andar.
> Temes os mortos, querida?'
> — "Ai, deixa-os lá repousar!"

No nosso conto, a referência ao caminhar do morto e ao brilho da lua não deixa dúvidas quanto ao parentesco. Descontados os rearranjos da tradução de Herculano, os três primeiros versos são em tudo similares:

> "— Ô lua que tanto alumia,
> Ô morto que tanto caminha!
> Fica mal comigo, vida minha?"

A quadra aparece mutilada, mas o essencial do diálogo foi mantido, no conto brasileiro, na voz do noivo. Contudo, no presente conto, o morto não é mais um cavaleiro, mas alguém que retorna para cumprir a promessa feita à amada. Recomendo, ainda, a leitura do conto *O espectro do noivo*, do norte-americano Washington Irving, que, mesmo escrito em tom de sátira, se apoia na estrutura da história e cita explicitamente a sombria balada de Burger: "O barão chegou a atemorizar algumas senhoras histéricas com a lenda do cavaleiro-duende que arrebatara a loira Leonor, uma lenda muito triste, cujos excelentes versos são lidos até hoje e da qual poucos se esquecem".[3]

A Serpente Negra é da linhagem de contos misteriosos que chamaram a atenção de Propp, que neles enxergou, conforme afirmamos, retalhos de ritos desaparecidos. O motivo principal é a demanda do herói pela esposa desaparecida em decorrência da violação de um tabu. A convivência no reino subterrâneo equivale ao motivo mitológico da descida aos infernos. Já *O príncipe Cavalinho* é daquelas histórias cuja origem é difícil precisar, embora a personagem-título lembre as divindades zoomórficas, ou antropozoomórficas que o Cristianismo tardio associará a uma maldição a ser quebrada. Só assim entendemos a razão de um rei enviar, sem opor muita resistência, suas três filhas, a um noivo que é parte do tempo um homem e a outra parte um cavalo. O enredo rememora um rito sacrificial, do qual o motivo do noivo animal parece derivar. Lindolfo Gomes colheu a variante mineira em que o príncipe, involuntariamente amaldiçoado, nasce sob a forma de um leitão.

A Moura Torta é um conto que só não se espalhou pelos quatro cantos da

---

3. In: *Maravilhas do conto norte-americano*. 2 ed. Tradução revista por T. Booker Washington. São Paulo: Cultrix, 1958, p. 25.

Terra porque esta é redonda. Sílvio Romero e Câmara Cascudo divulgaram versões muito conhecidas. A nossa versão aproxima-se da de Romero no tocante à quantidade de filhos do rei, três, com a sorte invariavelmente sorrindo para o caçula. Como na versão de Câmara Cascudo, o herói recebe três laranjas de uma velhinha, que desempenha a função de "doador mágico". Ressalte-se ainda em nosso conto a jocosidade por meio da sede pantagruélica da princesa, que salta da laranja onde estivera, por conta de um feitiço, aprisionada, e do engano da Moura Torta, que julga ver no reflexo da princesa seu rosto desagradável. Segue-se o encanto da princesa em pomba, por meio de um alfinete mágico ("envenenado"), um motivo oriental presente nas *Mil e uma noites*. Original em nosso conto é o apêndice, que não consta de nenhuma variante conhecida e é motivo de riso para as crianças. Ítalo Calvino, nas *Fábulas italianas*, redigiu *O amor das três romãs*, citando como a mais antiga versão literária *I tre cedri* (As três cidras), do *Pentamerone* de Giambattista Basile. Afanas'ev recolheu, na Rússia, *A pata branca*, onde a metamorfose da princesa em ave se dá após esta banhar-se numa fonte, por instigação de uma feiticeira, que assume o seu lugar, até a descoberta do malefício e o castigo final. *A noiva branca e a noiva preta*, dos Grimm, com a heroína enfeitiçada em uma "patinha branca como a neve", aproxima-se da versão russa.

Entre os contos de magia, ressaltamos, ainda, *Angélica mais afortunada* (*O príncipe Teiú*), que atualiza a história de Eros e Psiquê, de *O asno de ouro*, do romano — de origem africana — Apuleio (século II d.C.). O elemento inicial é o mesmo de *A bela e fera*, com o pai caçador prometendo a um teiú a primeira coisa que viesse ao seu encontro, no retorno a casa. Sempre vinha ao seu encontro a "cachorrinha", mas, nesse dia, é a filha quem vai recebê-lo. O poeta popular Rodolfo Coelho Cavalcante, num de seus raros romances em cordel, *História do príncipe formoso*, reconta o episódio acima descrito. Câmara Cascudo classifica esta passagem como o "voto de Idomeneu", por alusão ao lendário rei de Creta, que se destacou no cerco a Troia. Na volta, com medo de uma tempestade que ameaçava submergir suas oitenta naus, Idomeneu prometera sacrificar a Poseidon, caso sobrevivesse, o primeiro ser vivo que avistasse nas praias de Creta. Para sua desgraça, quem vai recebê-lo é o filho, saudoso após dez anos de ausência paterna. Idomeneu, segundo uma versão da lenda, cumpre a promessa e Creta é atingida pela peste. O povo, que o culpa em razão do infanticídio, resolve bani-lo da ilha. Ele vai ter à Hespéria, hoje Itália, onde funda Salento, atual Soleto. Segundo outra versão, possivelmente tardia, o menino é salvo pelo povo, na hora do sacrifício, o que não impede o banimento do rei.

O motivo do noivo animal é, também, aqui retomado: a jovem Angélica não oferece resistência e aceita o sacrifício de viver com um "bicho". Na versão russa de Afanas'ev, o noivo é um dragão, símbolo das forças cegas da natureza. O *dragão* do conto nordestino é o teiú. Propp associa certas passagens de contos do tipo Eros e Psiquê — como a convivência entre os noivos num local escuro — a rituais de iniciação muito antigos, dos quais somente o conto conservou alguma lembrança.

O príncipe Cascavel apresenta, no início, uma história independente, que termina justamente no ditado "o pouco com Deus é muito e o muito sem Deus é nada", ao qual se apegam as populações carentes da zona rural, explicando, a seu modo, a gritante desigualdade social. O protagonista é um avatar do *rei Lindorm*, do folclore escandinavo, e de Erictônio, rei lendário de Atenas, cujo corpo terminava em cauda de serpente. O poeta popular paraibano Manoel D'Almeida Filho recriou o conto no folheto de cordel *A camponesa e o príncipe encantado*. Apesar da atmosfera mágica, entrevê-se, também, um conto moral, em que a bondade desinteressada é recompensada e a inveja e a avareza, personificadas numa prima invejosa, são punidas.

Recompensa e punição também são temas de *Maria Borralheira*. É o conto popular mais difundido no mundo. Charles Perrault, com *Cendrillon*, e os Grimm, com *Auschenputtell*, apenas difundiram as versões mais conhecidas da história de Cinderela. É a *Gata Borralheira* da tradição oral de Portugal, na versão de Consiglieri Pedroso, ou *A enjeitada*, registrada por Adolfo Coelho. A versão dos Irmãos Grimm que mais se aproxima da nossa história, porém, é *A senhora Holle*, que se restringe apenas à primeira parte, sem príncipe nem casamento. A heroína é gratificada com uma chuva de ouro pelos serviços prestados à Senhora Holle, personificação da natureza e do mundo subterrâneo (infernal), e a invejosa é punida com um banho de pez, que nunca lhe sairá da pele. O galo anuncia a ventura da primeira e a desdita da segunda, como em algumas variantes brasileiras. Maria Trutona, filha da madrasta do nosso conto, é chamada de Joana em outras versões. A vaquinha, que simboliza a alma da mãe da menina —

trata-se de uma órfã —, encarna o animal protetor, resquícios da Ísis egípcia em seu aspecto lunar. O sacrifício do animal, por imposição da madrasta, faz com que a roda da fortuna gire a favor da heroína, propiciando seu encontro com as fadas. O sapatinho de ouro é reflexo de um antigo rito matrimonial conservado na narrativa popular.

O corcunda e o zambeta foi narrado pelo poeta de cordel João Gomes de Sá como se fosse uma piada. Quando citei a versão de Câmara Cascudo, *Os compadres corcundas*, com elementos do conto maravilhoso, ele mostrou-se surpreso. Afinal, contara uma história de fantasmas com dois antagonistas, um bom e outro mau, com o primeiro recompensado e o segundo punido. Existem versões em Portugal, de Teófilo Braga (*Os corcundas*), na Costa Rica, de Carmen Lyra (*Salir con un domingo siete*), além da francesa, de Paul Sébillot (*Le deux bossus et le nains*).

No Brasil, ainda encontramos a variante paulista de Ruth Guimarães, *Os dois papudos*, em que a reunião do povo misterioso, anões com gorro vermelho fumando cachimbos, lembrando os sacis, se dá sob uma figueira brava. Nos *Contos populares espanhóis*, traduzidos para o português por Yara Maria Camillo, encontramos *Os dois corcundas*, com o encontro fatal com as bruxas se dando à meia-noite, para gáudio do primeiro e desgraça do segundo. A versão alemã dos Irmãos Grimm, *Os presentes do povo pequenino* (*Die Geschenke des kleinen Volkes*), tem elementos dos contos de exemplo. Dois companheiros, um ourives (corcunda) e um alfaiate, testemunham uma reunião de gnomos. São convidados pelo gnomo mais velho a fazer parte do círculo. Ao final, com o consentimento do velho, enchem os bolsos de carvão. Desaparecendo o povo pequenino, vão ter a uma hospedaria, onde pernoitam. No dia seguinte, descobrem, maravilhados, que o carvão se transformara em ouro. O ourives, porém, ambicioso que era, decide voltar à floresta e recolher mais carvão. Assim o faz. No retorno, descobre que o carvão adicional não se transformara em ouro. Para piorar, estava de novo calvo e com uma nova corcunda na parte da frente.

O Diabo como auxiliar mágico, ou como protetor, é um tema aparentemente incomum na contística popular. Tradicionalmente católica, a população interiorana repele o tinhoso, evitando invocá-lo involuntariamente, pronunciando-lhe o nome. Daí a opção por um sinônimo ou apelido. *Nome numen*. Entretanto, nalgumas histórias, a exemplo de *O Diabo e o andarilho* deste volume, o "adversário" aparece como benfeitor, contrariando a crença estabelecida. Diz o adagiário: Deus é bom, mas o Diabo não é ruim; o Diabo não é tão feio como se pinta. Sílvio Romero apresenta-nos dois contos do *Helpful Devil*: *A proteção do diabo* (24) e *Os três irmãos* (33). No primeiro, mais próximo do nosso, deparamos o tema da profecia evitada: o príncipe que trouxe a sorte de morrer enforcado (este é, precisamente, o título de um antigo romance de cordel de autoria de Joaquim Luiz Sobrinho). No segundo, o Diabo recompensa um filho amaldiçoado pelo pai, livrando-o da forca à qual foi condenado após uma falsa acusação. No nosso exemplar, há elementos do conto nº 24 de Romero e um acréscimo que revela a identidade do protetor mágico do andarilho. A versão dos Grimm é *Os três empregados* (*Die drei Handwerksburschen*), com os protagonistas unidos por um pacto de riqueza no qual suas almas não foram negociadas com o Diabo. Creio ser este Diabo benfeitor uma sobrevivência de antigas deidades ora benfazejas, ora malévolas, pondo-se a serviço dos que lhes prestavam cultos. No mesmo rol estão os gênios do folclore dos povos árabes (os *djins*), conhecidos em todo o mundo graças ao livro das *Mil e uma noites*.

Consiglieri Pedroso recolheu, em Portugal, *A afilhada de São Pedro*, no qual o santo empresta seu nome à moça metida em trajes masculinos. Nos *Contos populares portugueses*, deparamos *O sacristão que se casou com uma velha*, narrativa mais próxima de *A afilhada de Santo Antônio* desta coletânea. Em Pedroso, porém, o padrinho, mesmo enviado por Deus, não apresenta características sobrenaturais. A heroína é rebatizada como João, em homenagem a São João Batista. No nosso conto, episódios do romance da *Donzela guerreira* "contaminam" a primeira parte. A heroína se safa das armadilhas da rainha com a ajuda do padrinho, Santo Antônio. Encontrei o desfecho incomum num romance de cordel de autoria de Manoel Pereira Sobrinho, *O rouxinol encantado*.

Mesinha põe-te, burro dê ouro e bordão sai do saco é como Íside M. Bonini traduziu a clássica história dos Grimm, *Tischchendeckdich, Goldesel und Knüppel aus dem Sack*, na qual objetos e um animal são auxiliares mágicos. O protagonista da versão inglesa, recolhida pro Joseph Jacobs, é um tolo chamado Jack.[4] Na versão brasileira deste volume, os antagonistas são o compadre rico, sempre espertalhão, e o compadre pobre, ingênuo e bom. Os objetos mágicos são uma toalha, uma bolsa e uma palmatória. Desta última, o pobre se vale para resgatar os primeiros utensílios tomados pelo rico. Adolfo Coelho registrou *A cacheirinha*: o homem serve ao rei e tem os objetos — a mesa que lhe dá comida e uma peneira da qual se tira dinheiro — roubados por um estalajadeiro. A cacheira "repara" a injustiça. A destacar a versão de Altimar Pimentel, *O preguiçoso*, narrado por Luzia Tereza, e a de Sílvio Romero, de mesmo nome. Há variantes, no Brasil, em que a bolsa é substituída por uma mula ou uma cabra que defeca dinheiro. Tem grande efeito cômico quando se descobre o logro (a substituição do animal mágico por outro comum). O cordelista cearense Arievaldo Viana recriou este conto em versos com o título *O rico preguiçoso e o pobre abestalhado*. O doador mágico é Nossa Senhora e os objetos são um cacho de bananas, uma toalha, uma bolsa e um chicote, reparador da burla:

> *Tem gente que só aprende*
> *Depois que o couro comeu...*
> *O rico disse: — Compadre,*
> *Eu devolvo o que é seu.*
> *Pare o chicote que eu trago*
> *Tudo que a Santa lhe deu!*

Fecham esta seção duas histórias com forte presença do elemento cômico e uma narrativa compósita (*O gato preto*). *A princesa de chifres* conserva elementos de um conto dervixe, *O cavalo mágico*. Nele, o príncipe Tambal, o herói, transforma-se num monstro cornudo depois de comer alguns frutos que encontra num oásis. Com o auxílio de um velho sábio, volta à antiga forma comendo os mesmos frutos, só que desta vez secos e espalhados pelo chão. Usa o estratagema contra o rival, pretendente à mão de sua amada, a princesa Pérola Preciosa, condenando-o a viver eternamente sob uma aparência detestável.

---

4. V. *O asno, a mesa e a vara*, Contos de fadas ingleses, págs. 211-214.

O conto seguinte, *O galo aconselhador*, é conhecido dos leitores do livro das *Mil e uma noites*. É a *Fábula do burro, do boi e do lavrador*, contada pelo vizir, pai de Cherazade, como advertência à filha para que não vá ao encontro da morte, desposando o rancoroso rei Chariar. Apenas a última parte do conto sobreviveu em nossa história, em que o farsesco predomina sobre o maravilhoso. A versão italiana *A linguagem dos animais e a mulher curiosa* é a reelaboração literária de Italo Calvino de um conto siciliano recolhido por Pitré.

11. A menina e o Velho do Surrão

Uma vez, a avó e sua netinha estavam na fonte lavando roupa. A menina tirou os brinquinhos e os pôs sobre a pedra. Depois de lavada toda a roupa, foram pra casa. Aí a avó perguntou pelos brincos. Ela disse que havia deixado sobre a pedra e voltou para buscá-los. A fonte era um pouco longe da casa. Quando a menina chegou, que pegou os brincos, apareceu um velho que a agarrou e a jogou dentro dum bumba. Depois, saiu a caminhar, passando de casa em casa, cantando o *reis*. O malvado falava pra todo mundo que o seu bumba era encantado. Batia no bumba e cantava assim:

> — *Canta, canta, meu surrão,*
> *Que eu te meto o meu facão!*

A menininha, morta de medo, respondia:

> — *Meu brinquinho de ouro, minha vó,*
> *Esqueci lá na fonte, minha vó.*

O povo, ao ver aquele bumba cantando um *reis* tão bonito, dava muito dinheiro pro tocador. Já na casa da avó da menina, sua mãe e os outros parentes estavam desesperados sem saber o paradeiro. Procuraram, procuraram até cansaram. E nem sinal dela!...

Um dia, o tocador achou de passar na região onde vivia uma tia da menina raptada. Sabendo do desaparecimento da sobrinha e desconfiada dos poderes que o tocador atribuía ao bumba, ela resolveu convidá-lo para tocar em sua casa. Lá, ele repetiu a mesma ameaça que fizera ao bumba nas vezes passadas:

> — *Canta, canta, meu surrão,*
> *Que eu te meto o meu facão!*

E a menininha, mais uma vez, respondia:

— *Meu brinquinho de ouro, minha vó,*
Esqueci lá na fonte, minha vó.

A tia reconheceu a voz da sobrinha, mas não disse nada. Então *empurrou* cachaça no tocador, que caiu no sono. Depois descosturou o bumba e retirou sua sobrinha, que estava quase morta de fome. Aí os empregados encheram o bumba de pedra, e a dona da casa acordou o tocador. Assim que acordou, ele disse que ia agradecer o *reis*, mas ela lhe convenceu a ir embora, gratificando-lhe pela cantoria. Em outra casa, o velho, acreditando que a menina ainda estava no bumba, ameaçou:

— *Canta, canta, meu surrão,*
Que eu te meto o meu facão!

Não ouvindo nenhuma resposta, o sem-vergonha repetiu a ameaça, mas qual! Nem um sonzinho se escutou do tal bumba. O dono da casa, achando que tinha sido enganado, ficou enfezado com o tocador. Vendo-se perdido, o danado se fez nas pernas e só parou na *cumeeira* de uma serra. Lá, abriu o bumba e percebeu o logro. O povo, que logo ficou sabendo do acontecido, pôs-se à caça do ladrão de criança até encontrá-lo. Pressionado, o ladrão pulou do alto da serra, com bumba e tudo, e se esbagaçou lá embaixo. Já a menina voltou a viver com a sua família e nunca mais esqueceu nada em lugar nenhum.

Jesuína Pereira Magalhães,
Igaporã, Bahia.

12. O cavalo encantado

Um fazendeiro tinha a seu serviço um menino que era encantado e aprendeu a virar um cavalo desde que lhe tirassem os arreios. Tempos atrás, ele havia morado com um homem estranho, de quem apreendera todos os truques. Quando o tal homem descobriu, o menino teve que fugir, encontrando abrigo naquela fazenda. Assim, o fazendeiro sempre "negociava" o cavalo com outros, mas ficava com os arreios, pois, pouco tempo depois, o cavalo voltava a ser gente e tomava o rumo de casa. Deste modo, o fazendeiro ganhou muito dinheiro e achou que não precisava mais do cavalo. Por azar, o Diabo em pessoa apareceu para comprar o cavalo e fez uma oferta tão boa que seduziu o fazendeiro:

— Só levo o cavalo com os arreios.

O fazendeiro pensou, pensou e, finalmente, aceitou, pois era muito dinheiro e não podia deixar passar a oportunidade. E lá se foi o Diabo, que não era outro senão o antigo tutor do menino, com o cavalo arreado. Depois de muito andarem, pararam numa fazenda para o pernoite. O Diabo, então, ordenou a um moleque que fosse a um rio dar água ao cavalo, mas, por nada deste mundo, lhe tirasse os arreios, pois ele tinha de beber com a brida. Quando chegaram ao leito do rio, o cavalo pediu ao menino:

— Ô menino, tire essa brida!

— Não posso.

Mas o cavalo não conseguia beber a água e tanto implorou, tanto implorou, que o moleque tirou-lhe a brida e a sela. No mesmo instante, o cavalo falou:

— Quem me dera uma piaba! — e virou uma piaba e desapareceu no riacho.

O moleque voltou chorando, e o Diabo perguntou-lhe onde estava o cavalo.

— Transformou-se numa piaba e sumiu no rio.

— Me mostre onde foi...

O menino apontou o lugar, e o Diabo disse:

— Quem me dera um tubarão para pegar a piaba! — e sumiu no rio até que chegou perto da piaba, que disse:

— Quem me dera uma pombinha! — e virou uma pombinha e ganhou o céu.

O perseguidor, então, disse:

— Quem me dera um gavião! — e, virado em gavião, se botou atrás da pomba. Quando já a estava alcançando, a pomba viu uma moça na janela de um sobrado e disse:

— Quem me dera uma joia para entrar no dedo daquela moça...

Aí o perseguidor disse:

— Quem me dera um homem para tomar a joia daquela moça na marra. — E começou a puxar a joia naquele "dá!", "não dou!", "dá!", "não dou!", até que a própria joia falou:

— Quem me dera uma quarta de milho! — e a moça sacudiu a joia no chão.

O homem, então, disse:

— Quem me dera um galo! — e começou a catar caroço por caroço, e só não comeu tudo porque a moça escondeu o último debaixo do pé. Aí o caroço falou:

— Quem me dera uma raposa! — e pulou no pescoço do galo, torceu e passou ele no papo, acabando, assim, a perseguição.

Tempos depois, o rapaz casou com a moça que o ajudara e que não era outra senão a princesa herdeira de um grande reino, do qual ele veio a tornar-se o governante.

Miguel Batista da Silva,
Serra do Ramalho, Bahia.

13. A fazenda assombrada

Dizem que havia uma fazenda mal-assombrada. Se alguém fosse pernoitar lá, no dia seguinte, podiam buscar o cadáver. Os tropeiros, sem saber que a casa era assombrada, faziam pouso por lá. Quando caía a noite, a latomia era tão grande que ninguém aguentava. O tropeiro ouvia a mula que deixara na roça *rinchar* e perguntava:

— De que *urra*, minha burra?

E ouvia a resposta:

— É que você não tem roça para botar.

A partir daí, a confusão reinava e o inferno abria as portas.

Certa feita, um homem de muita coragem soube da fama da fazenda e resolveu fazer o pernoite por lá. Entrou, depôs sua bagagem num canto, preparou o fogão e foi assar uma carne. Num instante, vindo ninguém sabe de onde, apareceu um moleque com um sapo no espeto, que ele levou ao fogão.

O viajante nem se abalou e disse:

— Moleque! Moleque! Tire esse sapo de perto de minha carne!

O moleque sumiu, ele comeu a carne e foi armar a rede. Quando se deitou, ouviu uma voz fanhosa:

— Eu caio!

Era uma aleivosia dependurada no teto. O homem, tranquilo, respondeu:

— Pode cair! — e caiu um braço.

— Eu caio!

— Pode cair! — e caiu uma perna.

A assombração continuou dizendo "Eu caio!", até que despencou o corpo inteiro. Depois desapareceu e, na sala, formou-se um samba. A zoada não incomodou o viajante, que caiu no samba também. Ele não via ninguém, mas ouvia, alto e claro, uma voz:

— Não dá umbigada na mulher do coronel!

E outra:

— Não dá umbigada na mulher do capitão!

O corajoso deu uma umbigada na mulher do capitão, e a sala clareou toda. Como não tinha medo de nada, ele resolveu vasculhar a casa. Num salão espaçoso, encontrou os moradores sentados em cadeiras. Ao se aproximar, a surpresa: eram todos defuntos. Uma mulher e um homem foram até ele e o chamaram para um lugar onde estava guardado um baú cheio de ouro e prata, e disseram:

— É tudo seu, por causa de sua coragem.

Naquela hora, o galo cantou e tudo desapareceu. Ele foi dormir tranquilamente o resto da noite. No outro dia, foi buscar a família para morar com ele na casa e encontrou alguns parentes seus com uma rede indo em direção à fazenda. Quando o viram, tomaram aquele susto, pois já o imaginavam morto e iam buscar o corpo.

Ana Pereira Cardoso,
Serra do Ramalho, Bahia.

14. O homem que tentou enganar a Morte

Certa vez, a Morte veio buscar um homem, mas ele a convenceu a deixá-lo viver um pouco mais. A Morte compadeceu-se dele e deu-lhe mais algum tempo, mas alertou:
— Eu não perco viagem!

O tempo passou e, com a proximidade da triste data, o homem *astuciou* um jeito de enganá-la: comprou um caixão de defunto, pôs na sala e se meteu dentro dele, fingindo-se de morto. Antes, alertou a mulher para dizer à Morte que ele teve de fazer uma viagem urgente. E, por ser aquele o dia marcado, a Morte bateu à porta, perguntando pelo homem. A mulher disse que ele não estava e convidou a Morte a entrar. Lá dentro, ela percebeu que havia uma *sentinela*; então, aproximando-se do caixão, pôs os cotovelos em cima e, sem que a mulher percebesse, disse:
— Já que você aí está, aí mesmo é que vai ficar!

Depois se despediu da mulher, que não cabia em si de contente por ter conseguido iludir a Morte. Por volta das duas da tarde, ela abriu o caixão chamando o marido pelo nome e convidando-o a se levantar. Mas, quem disse! O coitado já estava de perna tesa.

João Paulo Stevam,
Serra do Ramalho, Bahia.

15. O noivo defunto

Uma vez, uma moça de família abastada se enamorou de um rapaz pobrezinho, mas os pais dela nem queriam ouvir falar de tal namoro. Diziam que o moço, sendo pobre, nada tinha a oferecer à sua filha. Num dos encontros escondidos, o rapaz propôs a ela que fugissem, pois somente assim teriam paz. A fuga deveria ser na calada da noite.

Na data combinada, a moça ouviu batidas na janela, pois esse era o sinal combinado previamente. Levantou-se precavida, já sabendo do que se tratava. Após se cumprimentarem, saíram andando pela estrada aluminada pela lua cheia. Ao depois de muito andarem, a moça reclamou que estava muito cansada e o rapaz se ofereceu para levá-la nas costas. Ao tocá-lo, ela sentiu um arrepio na espinha e perguntou:

— O que houve, amor, que você está tão gelado?
Ele respondeu desta forma:

— Ô lua que tanto alumia,
Ô morto que tanto caminha!
Fica mal comigo, vida minha?

Quando descansava, ela descia. Mas quando ele a levava nas costas, repetiam-se as mesmas pergunta e resposta. Já de madrugada avistaram uma fogueira; aproximando-se, perceberam que havia numa casinha muitas pessoas presentes numa sentinela. O rapaz pediu que ela descesse de suas costas e foi para uma parte escura atrás da casa, garantindo que voltaria logo.

Uma moça, que estava na sentinela, vendo aquela estranha sozinha parada em frente à sua casa, chamou a mãe e foi saber a sua procedência e como havia chegado até ali. A outra narrou toda a história, desde a fuga com o noivo até aquele momento. Disse que aguardava o noivo, que saíra havia poucos minutos. A velha neste momento teve um susto enorme, mas, recompondo-se, chamou a chegante para dentro e apontou o caixão onde o defunto — que era o seu filho — estava sendo velado.

— Responda, minha filha: é este o rapaz que você está esperando?

Ao se certificar de que o seu noivo e o defunto eram o mesmo, a moça desmaiou. Quando recobrou os sentidos, soube que o seu amado tinha morrido de uma queda do cavalo. Mas, como ele havia feito um trato com ela, não deixou de cumpri-lo, mesmo depois de morto. Dizem que a moça ficou morando com aquela família, e, muito tempo depois, acabou casando com um irmão do falecido.

Jesuína Pereira Magalhães,
Igaporã, Bahia.

16. A Serpente Negra

Era uma vez um moço que zelava o gado de um rico fazendeiro. Um dia, todo o rebanho desapareceu, sem que ninguém soubesse o que foi feito das reses. Depois de muita procura, patrão e empregado acharam um buraco no meio da manga. O patrão ordenou ao rapaz que entrasse no buraco, pois desconfiava que o seu rebanho pudesse estar ali; com a recusa do moço, recorreu a ameaças, forçando-o a descer. Ao entrar no buraco, o rapaz achou uma escada que o conduziu a outro mundo. Era um lugar plano, com árvores frondosas e pássaros desconhecidos.

O moço, lembrando as suas obrigações, andou, andou, andou até chegar a uma casa muito bonita. Morto de sede, avistou uma escada enorme; subiu por ela e bateu na porta. De dentro saiu uma moça da qual só se divisava uma sombra. Pela sombra o rapaz imaginou que a moça devia ser muito bonita. Depois de matar a sede, ficaram prosando até a hora do almoço. A mesa continha todo tipo de alimento, pois a dona da casa estava encantada e era conhecida como a Serpente Negra. À noite, depois da ceia, foram dormir. O rapaz ouvia o ressono da moça, mas não a enxergava. A cada hora, ouvia-se uma pancada e a moça levantava e experimentava um vestido encantado; toda noite ela usava sete vestidos.

Ao completar três dias, o rapaz disse que teria de voltar para dar satisfação à sua família. Depois de muito relutar, a sombra permitiu que o amado partisse, mas antes o alertou:

— Vá na *manga*; lá você avistará três cavalos, um branco, um castanho e outro ruço-pombo. Vem o primeiro: você cheira os arreios, mas não pega o cavalo; vem o segundo, a mesma coisa. Quando chegar o ruço-pombo, você cheira os arreios e o segura com força.

E assim foi. Veio o primeiro cavalo: os arreios cheiravam tão mal que o rapaz o deixou partir; veio o segundo e aconteceu o mesmo. Ao chegar o ruço-pombo, o rapaz cheirou os arreios e, percebendo que eram novos, segurou-os com força e dominou o cavalo. Ao partir, o moço foi alertado pela Serpente Negra:

— Ao chegar a sua casa, faça de tudo para o cavalo não rinchar três vezes e, por nada neste mundo, deixe a sua avó lhe abraçar, pois, caso isso ocorra, acontecerá uma desgraça!

A moça ainda lhe presenteou com uma espada para o caso de ocorrer algum perigo. Quando ele chegou na casa da família, foi aquela festa. Todos os parentes, que já o imaginavam morto, correram para abraçá-lo. Mas quando a avó se aproximou para fazer o mesmo, ele se desesperou. Era só a velha encostar-se a ele dizendo: "Vem cá, meu netinho!", que ele a repelia:

— Arreda pra lá, minha vó!

No primeiro abraço da avó, o cavalo rinchou, deixando o rapaz assustado. No segundo, ele já procurava se desvencilhar dos parentes. Quando a velha o abraçou pela terceira vez, o cavalo também rinchou pela terceira vez; aí o moço se desesperou e saiu em disparada atrás do bicho, que desembestou na direção do buraco. Vendo que não alcançava o ruço-pombo, o moço lembrou-se do conselho da sombra e rumou a espada nele, fazendo-o parar. Montado no cavalo, foi no rumo da casa, mas, chegando lá, nem sombra havia mais. Só uma voz, que lhe disse:

— Oh! ingrato, tanto que lhe avisei! Agora quebrou o meu encanto...

E desapareceu junto com a casa e a escada. O rapaz improvisou uma corda com as tiras das roupas que carregava na mala, fez um laço e, assim, conseguiu sair do buraco. Depois andou, andou, andou até dar numa estrada, onde avistou dois meninos. Ele gritou tanto que os meninos resolveram esperá-lo.

— O que quer conosco, moço?

— Quero notícias da Serpente Negra.

Os meninos, que eram encantados, explicaram para ele como fazer para recuperar sua amada:

— Você vai trabalhar um ano para acertar um ovo com uma flecha a uma distância de meia légua. Só depois, podemos lhe dizer como conseguir a moça de volta.

Durante um ano inteiro, todos os dias, o rapaz lançava sua flecha tentando acertar o ovo a uma distância de meia légua. Tanto tentou que, na data marcada, ou seja, um ano depois, ele conseguiu. Logo, apareceram os dois meninos e lhe disseram:

— Agora preste atenção: você vai construir uma choça nas margens daquela lagoa — e apontaram o local. — Daqui a algum tempo, aparecerá um rebanho de garça branca; deixe ir. Virá, depois, um rebanho de garça parda; deixe ir também. Por último, virá um rebanho de garça preta. No meio tem uma garça do coração de ouro, e é no coração que você deverá acertá-la com a sua flecha.

E assim aconteceu. Construída a choça, apareceu um rebanho de garça branca. Depois, vieram as pardas. Por fim, o moço viu o céu ficar escuro, pois um rebanho de garça preta voava sobre a choupana. No meio delas percebeu que havia uma com o coração de ouro. Foi nesta que ele atirou a flecha, acertando justo no coração. No mesmo instante, o rapaz sentiu uma vertigem e desmaiou. Quando acordou, estava deitado no colo de uma linda moça, que era a Serpente Negra, agora livre do encanto.

__Jacinto Farias Guedes__,
Brejinho, Igaporã, Bahia.

17. O príncipe Cavalinho

Houve, em outros tempos, uma rainha cujo maior sonho era ter um filho, tarefa que parecia impossível. Por isso invejava até os animais que procriavam; passava horas e horas admirando um potrinho, que pastava em frente ao palácio. Deve ter proferido alguma blasfêmia ao meio-dia, porque,[5] de uma hora para outra, apareceu *de bucho*. Até o rei, seu marido, estranhou no início, mas também ficou alegre com a novidade; mas quando o filho do casal nasceu, teve início a maldição: ele trouxe a sina de ser ora um príncipe, ora um cavalo. Os pais ficaram tristes mas perceberam a mão da Providência punindo a impaciência e a inveja da mãe.

No reino vizinho vivia um rei, pai de três filhas, cada uma mais bonita que a outra. Por acaso, a filha mais velha avistou o príncipe Cavalinho e se apaixonou por ele. O rapaz, sabendo, correspondeu e foi pedir a sua mão. O rei, que conhecia o encanto, não queria nem ouvir falar em tal casamento e chamava a atenção da moça:

— Minha filha, não está certo você se casar com alguém que numa hora é gente e na outra é cavalo. O que as pessoas vão dizer?

Mas tanto a moça insistiu que não houve jeito e o rei teve de dar o consentimento. Na noite de núpcias, o príncipe, encarando a moça, perguntou:

— Você casou com um homem ou com um cavalo?

Ao que ela respondeu:

— Com um cavalo! — na mesma hora o príncipe virou um cavalo e deu uma patada na cabeça da moça, que já caiu morta. A família da princesa quase morreu de tristeza. Contudo, tempos depois, a filha do meio também caiu de amores pelo príncipe Cavalinho e foi pedir permissão ao pai. O rei se desesperou, pois perdera uma filha, mas a moça tinha opinião firme e sua vontade prevaleceu sobre a do pai. Consultaram, então, o príncipe Cavalinho, que concordou, e o casamento foi feito. Na noite de núpcias, ele repetiu a mesma pergunta:

---

5. A hora em que, segundo se crê, os anjos dizem "amém".

— Você casou com um homem ou com um cavalo?

A moça deu a mesma resposta e o príncipe se transformou imediatamente num cavalo e deu-lhe uma patada tão forte que ela já caiu *pronta*. Novamente os pais ficaram muito tristes; mas tristeza mesmo eles sentiram quando a filha mais nova os procurou para dizer que queria também casar com o príncipe Cavalinho.

— Você endoidou, minha filha? — gritou o rei. — Eu já perdi duas filhas e não vou perder mais uma!

Mas a moça amuou, depois esperneou e fez uns alaridos tamanhos que a solução foi o rei consentir no seu casamento com o malfadado príncipe. Mas sentenciou:

— Minha filha, você vai morrer como suas irmãs!

— Se for esse o meu destino, meu pai... — e o casamento se realizou.

Na noite de núpcias, o príncipe Cavalinho repetiu a pergunta feita às irmãs da princesa:

— Você casou com um homem ou com um cavalo?

— Com um homem — respondeu a moça, para alegria do príncipe.

A partir daquele momento, foi quebrada a maldição e os dois viveram felizes os anos em que Deus os conservou na terra.

Jesuína Pereira Magalhães,
Igaporã, Bahia.

18. A Moura Torta

Dizem que tinha um rei com três filhos. Um dia, o filho mais velho achou de sair pelo mundo e foi pedir o consentimento do pai. Este tentou fazê-lo desistir da ideia, mas, como não houve meio, fez-lhe esta pergunta:

— Meu filho, já que nada fará com que mude de opinião, diga-me o que quer: muito dinheiro e pouca bênção ou muita bênção e pouco dinheiro?

O rapaz, que era muito ambicioso, disse:

— É claro que eu quero muito dinheiro! Bênção não enche o bucho de ninguém!

E lá foi ele para o estrangeiro, onde gastou todo o dinheiro que o pai lhe dera, sendo obrigado a voltar, humilhado, para casa.

Tempos depois, o filho do meio também se achou no direito de pedir ao pai permissão para conhecer outros lugares deste mundão de Deus. O pai ainda tentou fazê-lo desistir da ideia, mas, não havendo jeito, perguntou-lhe:

— Quer muito dinheiro e pouca bênção, como seu irmão, ou muita bênção e pouco dinheiro?

O moço, da mesma forma que o outro, escolheu o dinheiro, fazendo pouco caso da bênção paterna. Também ele se deu mal, gastando todo o dinheiro e sendo obrigado a voltar pra casa pobre e desmoralizado.

Passou o tempo, e o filho mais novo também foi ao pai pedir permissão para vagar pelo mundo:

— Meu pai, assim como meus irmãos, eu quero conhecer outras terras e outras pessoas.

O velho ficou muito contrariado e tentou convencê-lo a não ir:

— Meu filho, não faça uma loucura destas! Os seus irmãos já foram, e tudo o que conseguiram foi gastar uma fortuna sem nenhum proveito.

Mas o rapaz tanto insistiu que o velho se viu obrigado a dar-lhe o consentimento; então repetiu a mesma pergunta:

— E o que você quer: muito dinheiro e pouca bênção ou muita bênção e pouco dinheiro?

O moço, que tinha um bom coração, disse:

— Quero muita bênção e pouco dinheiro.

O pai deu-lhe a bênção e ele saiu pelo mundo levando um pouco de dinheiro, que mal dava para as primeiras despesas. Depois de muitos dias, avistou, numa terra distante, uma velhinha que carregava um enorme feixe de lenha. Imediatamente se ofereceu para ajudá-la e ela mostrou-lhe o caminho de casa. À noite, como a velha não tinha nada de comer para oferecer-lhe, dividiu com ela o alimento que levava no bornal. No outro dia cedinho, quando já se preparava para seguir viagem, ela lhe ofereceu três laranjas, recomendando-lhe:

— Meu netinho, só tenho estas três laranjas para ofertar-lhe; mas só as parta onde houver muito vinho ou muita água.

O moço agradeceu e seguiu em frente. Na beira de uma cacimba, resolveu partir a primeira laranja para ver o que acontecia. Quando a partiu, saltou de dentro uma moça muito bonita. A moça, assim que saiu, já foi lhe pedindo água. Ele mostrou-lhe a cacimba; ela bebeu toda a água e pediu mais. Ele disse que não tinha. Ela pediu vinho e recebeu uma garrafa. Assim que terminou, a moça pediu mais; ele disse que não tinha e ela falou: "Então eu morro!" — e caiu pra trás e morreu.

O moço continuou andando e, bem na frente, comprou um garrafão com cinco litros de vinho e parou na beira de uma lagoa, onde partiu a segunda laranja. No mesmo instante, saltou de dentro uma moça que era ainda mais bonita que a primeira. Essa também pediu água e ele apontou-lhe a lagoa, que ela bebeu até secar! Pediu mais e, como não tinha, ele deu-lhe o garrafão de vinho, que ela bebeu duma golada. Quando ele disse que não tinha mais, só a ouviu dizer: "Então eu morro!" — e caiu pra trás e morreu.

O rapaz ficou muito triste em ver duas moças tão bonitas morrerem daquela maneira e jurou que só partiria a terceira laranja onde houvesse muita água e muito vinho. Assim, comprou um barril do melhor vinho e parou para descansar na borda de um rio muito fundo. Retirou, então, a última laranja do bornal e, quando a partiu, viu saltar de dentro uma moça que era mais linda que as duas primeiras. Ela já saltou gritando:

— Quero água! — e ele apontou para o rio; ela abaixou-se e bebeu até se fartar.

— Quero vinho! — e ele deu-lhe o barril do qual ela bebeu menos da metade, pois já estava saciada.

O rapaz ficou logo apaixonado pela moça e pensando como faria para levá-la pra casa, que distava muitas léguas dali. Resolveu, então, voltar sozinho para buscar uma carruagem. Aconselhou-a a subir *numa* árvore bem alta, para se proteger até que ele retornasse. Assim ela fez.

Perto dali, vivia uma velha, mãe de uma única filha que, de tão feia, era chamada Moura Torta. Essa Moura Torta veio pegar água no rio e, assim que se abaixou para encher o pote, viu a *sombra* da moça na água. Não se conteve e disse:

— Ô mana, eu tão bonita e carregando água! — e sentou o pote no chão, voltando pra casa de mãos vazias. Voltou, depois, com uma moringa; mas, assim que se abaixou e viu a *sombra* da moça, repetiu:

— Ô mana, eu tão bonita e carregando água! — e arrebentou a moringa.

Voltou mais tarde com uma cabaça, repetindo a mesma patacoada. Depois, de tão aloprada que estava, voltou com uma peneira — imagine se alguém pega água em peneira! — e se abaixou enchendo-a inutilmente no rio. A moça não suportou mais e soltou aquela gargalhada. Aí a Moura Torta olhou para cima e compreendeu tudo:

— É você, bem? Desça daí pr'eu catar um piolho...

— Mas eu não tenho piolho!

E tanto a Moura Torta insistiu que a moça acabou descendo. Ela ficou dando cafuné até que a moça ficou com sono. A malvada da Moura Torta se aproveitou para fincar um alfinete envenenado na cabeça da pobre, que virou uma pombinha e voou para bem longe dali. A Moura Torta, então, subiu *na* árvore e ficou no mesmo lugar em que a moça estava.

Quando o rapaz, que havia se tornado rei, por decisão de seu pai, retornou com a comitiva, tomou um susto enorme, pois em vez da moça bonita como os anjos de que falara, estava aquela Moura Torta, mais feia que a necessidade. Julgando que se tratasse da mesma pessoa, perguntou:

— O que aconteceu, que você mudou de cor?

— Você demorou tanto que o sol queimou a minha pele.

— E esse olho furado?

— É por causa dessa mosquitada: ao me defender, *rumei* o olho no galho do pau e furei.

Como palavra de rei não volta atrás, ele teve de levar a Moura Torta na comitiva e casar com ela.

Tempos depois, uma pombinha branca começou a aparecer no reinado e, toda vez que o hortaleiro real ia molhar a horta, ela assim se dirigia a ele:

> — *Hortaleiro, hortaleiro,*
> *Hortaleiro desta horta,*
> *Como é que vai o rei*
> *Vivendo com a Moura Torta?*

O hortaleiro respondia:

— *Comendo e bebendo...*

—*Triste de mim, que vivo padecendo!...*

O hortaleiro foi e contou ao rei a novidade, mas a Moura Torta, que sabia de quem se tratava, fingiu estar *pejada* e disse ao rei que tinha desejo de comer carne de pomba. O rei mandou fazer um lacinho de cabelo, que deu ao hortaleiro para tentar apanhar a pombinha. No outro dia, a pombinha apareceu e, assim que viu o hortaleiro, disse:

— *Hortaleiro, hortaleiro,*
Hortaleiro desta horta,
Como é que vai o rei
Vivendo com a Moura Torta?

— *Comendo e bebendo.*

— *Triste de mim, que vivo padecendo!...*

— Rei senhor mandou você pôr seu pezinho neste lacinho de cabelo.
— Em lacinho de cabelo meu pezinho não vai — e bateu asas e voou...
O hortaleiro contou tudo ao rei, que mandou fazer um lacinho de prata. No outro dia, a pombinha chegou à horta dizendo:

— *Hortaleiro, hortaleiro,*
Hortaleiro desta horta,
Como é que vai o rei
Vivendo com a Moura Torta?

— *Comendo e bebendo.*

— *Triste de mim, que vivo padecendo!...*

— Rei senhor mandou você pôr o seu pezinho neste lacinho de prata.
— Em lacinho de prata meu pezinho não vai — e bateu asas e voou.
O hortaleiro, de novo, queixou-se ao rei, que mandou preparar um lacinho de ouro muito bem feito (mas tudo aconteceu como das outras vezes e a pombinha não se deixou aprisionar).

Quando o rei soube da notícia, ficou muito triste, pois tinha vontade de conhecer a pombinha. Então mandou fazer um lacinho de brilhante, que o hortaleiro levou, no outro dia, para a horta. Aí chegou a pombinha:

> — *Hortaleiro, hortaleiro,*
> *Hortaleiro desta horta,*
> *Como é que vai o rei*
> *Vivendo com a Moura Torta?*
>
> — *Comendo e bebendo.*
>
> — *Triste de mim, que vivo padecendo!...*

— Rei senhor mandou você pôr o seu pezinho neste lacinho de brilhante.
— Em lacinho de brilhante meu pezinho vai — e pôs o pezinho no lacinho, sendo segura pelo hortaleiro, que a levou até o rei.
Quando a Moura Torta viu a pombinha nas mãos do rei, se apavorou e começou a gritar:
— Mata, rei, essa pomba, que eu *tou* com desejo! Mata, rei!
O rei, deitado na rede, não estava nem aí. Ficou alisando a cabeça da pombinha, até que achou um caroço. Quando ele puxou, saiu o alfinete, e a moça saltou em sua frente. O rei, assustado, lhe perguntou:
— O que lhe aconteceu?
— Depois que eu fiquei sozinha, veio essa bruxa e me enfeitiçou — e narrou toda maldade feita pela Moura Torta.
— E o que quer que eu faça com ela?
— É pra matar, cortar os pedaços, botar num cesto e enviar para a mãe dela.
Dito e feito: o rei mandou o carrasco matar a Moura Torta e enviar os pedaços para a mãe, que também era bruxa e tinha uma cachorrinha encantada. Quando o cesto chegou, a cachorrinha, que sabia de tudo, pediu um pedaço à velha:
— *Me* dá, sinhá, um pedaço desta carne que, quando *cê* chorar, eu ajudo *cê* chorar, quando *cê* sorrir, eu ajudo *cê* sorrir e quando *cê* sentir, eu ajudo *cê* sentir!
Mas a bruxa velha respondia:
— Não dou!... carne de minha filha casada que o rei mandou pra mim! — e foi apanhando os pedaços e jogando na panela, até que descobriu os peitos da filha e abriu a boca chorando.
A cachorrinha, então, disse:

— *Cê* chora, eu rio! *Cê* chora, eu rio!

A velha passou o porrete na cabeça da cachorrinha e a matou, mas, mesmo morta, ela continuou:

— *Cê* chora, eu rio! *Cê* chora, eu rio!

Então ela jogou a cachorrinha no fogo e, mesmo queimando, prosseguiu a mesma lenga-lenga. Por fim, a bruxa atirou as cinzas no rio; e as cinzas, descendo rio abaixo, continuavam dizendo:

— *Cê* chora, eu rio! *Cê* chora, eu rio!

Valdi Fernandes Farias,
Serra do Ramalho, Bahia.

19. Angélica mais Afortunada (O príncipe Teiú)

Houve, há muito tempo, um velho caçador que era viúvo e morava com suas três filhas numa casinha na mata. Um dia, ele não estava tendo sorte na caçada. Já era tarde e o homem não havia caçado nada. Muito triste, sentou-se numa pedra e começou a maldizer a sua sorte. Nisso chega um teiú e pergunta para o velho:

— O que tem o senhor, que está tão triste?

O caçador responde:

— Todo dia eu caço nesse mato e sempre arrumo alguma coisa para levar para casa. Mas hoje, pelejei, pelejei e não arrumei nada.

O teiú, então, lhe perguntou:

— Se eu lhe arrumar o que comer o que ganho em troca?

— A primeira coisa que eu avistar quando chegar a casa — disse o velho, pensando numa cadelinha que era quem primeiro vinha recebê-lo quando voltava do mato.

O teiú lhe presenteou com toda qualidade de caça e o velho foi pra casa, feliz da vida. Mas sua felicidade durou pouco, pois, diferentemente das outras vezes, naquela tarde, a primeira coisa que ele avistou foi a sua filha caçula Angélica, que correu para abraçá-lo.

Já em casa, o velho, morto de tristeza, contou tudo às filhas. Angélica, que era um anjo de bondade, disse:

— Não fique triste, pai, que eu vou cumprir o prometido.

O velho pensou noutra saída e, no dia seguinte, levou para o teiú a sua cadelinha. Mas o teiú, que era encantado, não se deixou enganar:

— Quem primeiro topou com você foi a sua filha Angélica. É ela que você deve trazer para mim.

O velho voltou para casa, desconsolado; lá, disse a Angélica:

— Não tem outro jeito, filha. Ele sabe que foi você quem primeiro topou comigo.

No outro dia cedo, o velho foi levar a filha para o teiú. O bicho deu um prato de comida ao pai e pediu à moça que o acompanhasse. Entraram num buraco que dava numa casa, onde a moça ficou morando com um vulto do qual só ouvia a voz, visto que a casa era muito escura. Todo dia a voz a convidava para comer e beber, e ela ia. Uma vez, ela recusou e quando a voz indagou do motivo, respondeu que estava morrendo de saudade do pai e das irmãs. A voz consentiu que ela fosse visitar os parentes, pois não queria vê-la sofrer. A moça saiu pelo mesmo buraco pelo qual tinha entrado. Lá fora, encontrou dois cavalos arreados e, montada num, foi trotando para a casa do pai.

Quando chegou, o velho ficou muito feliz, mas quis logo saber como a filha estava vivendo com o teiú. A moça respondeu que estava muito bem, mas a casa onde vivia era muito escura, por isso ela não conseguia saber quem era o rapaz que ia deitar toda noite em sua cama. Ao completar o tempo d'ela voltar, o velho lhe deu um fósforo e uma vela, recomendando-lhe que só a acendesse quando o seu companheiro estivesse dormindo. Dessa forma o segredo seria desvendado.

Então Angélica voltou pra casa do teiú. Quando foram se deitar, ela esperou que ele ressonasse para se certificar de que estava dormindo. Aí riscou o fósforo, acendeu a vela e encostou-a perto do rosto do seu amor. Em vez de teiú tinha um belíssimo príncipe, mas a moça tanto demorou contemplando a sua imagem que não percebeu que um pingo de cera quente caiu no rosto dele. O rapaz acordou muito assustado e ralhou com ela:

— Oh, Angélica mais Afortunada! Já estava para vencer o meu encanto. Agora terá que me procurar em meu reino — e desapareceu.

No outro dia, a moça saiu pelo mesmo buraco. Levava apenas uma trouxinha de roupa e estava de bucho. Caminhou, caminhou e, quando se sentiu incomodada, parou na casa de uma velhinha pra ganhar o menino. A velha, desconfiando que aquela pudesse ser a mulher do príncipe Teiú, foi ao palácio do rei e, lá, contou-lhe tudo. O rei, então, lhe ordenou:

— Faça tudo por ela. Dê-lhe água, comida, mas à noite não durma: fique sentada, de vigia no quarto dela.

À noite, o teiú entrou no quarto da mulher pela fechadura da porta e, na forma dum príncipe, foi até a cama onde Angélica mais Afortunada dormia com o filho e cantou:

> — *Meu filho,*
> *se papai mais mãe não* **soubera**
> *filho de quem tu* **era***,*
> *te lavava em bacia de prata*
> *e te enxugava em toalha com fios de ouro.*
> *Se galo não cantasse,*
> *jegue não* **urrasse***,*
> *o sino não tocava,*
> *contigo eu* **amanhecera** *o dia.*

Ao amanhecer, a velha foi ter com o rei, mas não pôde dizer nada por nada ter visto. O rei ordenou que ela ficasse atenta e, desta vez, não dormisse. Mas a história se repetiu e a velha não pôde informar nada ao rei no dia seguinte.

Na terceira noite, o teiú tornou a entrar no quarto e, em forma de gente, tornou apanhar o filho, e sentou-se junto à Angélica mais Afortunada. Só a cantiga é que mudou:

> — *Meu filho,*
> *se papai mais mãe* **soubera**
> *filho de quem tu* **era**,
> *em bacia de prata te lavava*
> *e em toalha com fios de ouro te enxugava.*
> *Hoje o galo canta,*
> *o jegue* **urra**, *o sino toca:*
> *contigo amanheço o dia.*

Dessa forma o encanto foi quebrado. Passados uns dias, o rei e a rainha foram à casa da velha buscar o filho, a nora e o neto para viver com eles no castelo.

Lucidalva Pereira dos Santos,
Igaporã, Bahia.

20. O príncipe Cascavel

Havia duas irmãs, uma pobre e outra rica, e cada uma tinha uma filha. Sempre a rica chamava a pobre para fazer bolo em sua casa. No fim, a rica não dava nada para a outra. Então, quando chegava a casa, a pobre lavava as mãos e a sua filha bebia o sobejo. Noutra vez, quando a pobre estava fazendo bolo na casa da rica, esta perguntou:
— Por que a sua filha Maria é tão gorda e a minha filha, mesmo eu tendo de tudo, é tão magra?
A pobre lhe contou o segredo. Por causa disso, a rica não a deixou ir embora sem lavar as mãos. E assim se fez, mas nada aconteceu, pois não era no sobejo que estava o mistério; e o pouco com Deus é muito, e o muito sem Deus é nada.
Um dia, a filha da pobre foi buscar água na fonte. De repente ouviu uma voz que vinha de dentro do mato lhe fazer uma pergunta:
— Ô Maria, você quer casar comigo?
— Quero.
Quando a moça confirmou, surgiu na sua frente um cascavelão, esquisito de grande, e ela saiu na carreira. Em casa, a moça contou para a mãe o acontecido, e ela lhe aconselhou:
— Agora que aceitou, o jeito é casar.
Com isto, a moça se conformou e o casamento foi marcado. No dia combinado, o cascavelão agarrou na barra do vestido da noiva e entrou na igreja. Naquilo o padre já tinha corrido para um lado, convidados para o outro, mas, vendo que o bicho era manso, voltaram para a igreja. Quando o padre pediu a mão, o cascavelão deu-lhe a cabeça. Na hora do "sim", a moça confirmou e o bicho também, sacudindo a cabeça. Foram para casa jantar. Enquanto a moça usava o garfo o bicho comia com a boca no prato. Após a festa, os dois foram para o quarto. Todos esperavam que a moça morresse, mas, no outro dia, quando cantaram o *reis*, o cascavelão havia se transformado num lindo príncipe e a casa num castelo.
Quando a rica soube, quase morre de inveja da sobrinha. Logo, ordenou às criadas que fossem ao mato caçar um cascavel para casar com a sua filha. As moças entraram na capoeira, laçaram um cascavelão e o levaram à prima de Maria. Botaram no banho e o bicho enfezado, só *tocando o pandeiro*.

Na hora do casamento, foi bote pra todo lado, até que o padre abençoasse os noivos. Após a festa, as criadas botaram o noivo na cama. E a moça se atracou com o seu *príncipe*. No outro dia, bem cedo, cantaram o *reis*. Mas quando abriram a porta encontraram a moça morta de tanta picada, e o cascavelão trepado na cumeeira.

Jesuína Pereira Magalhães,
Igaporã, Bahia.

21. Maria Borralheira

Era uma vez uma família — pai, mãe e filha — muito feliz. Mas a mãe adoeceu e, quando estava perto de morrer, chamou a filha, que era bem novinha, e disse:

— Maria — era esse o nome da menina —, minha vaquinha agora será sua. Tudo o que precisar pode pedir, que ela lhe ajudará.

Morrendo a mãe, o consolo de Maria era a vaquinha. Porém, o pai achou de se casar novamente. Do casamento nasceu outra filha, que, por ser muito invejosa, foi chamada Maria Trutona. Como o pai viajava sempre, a madrasta judiava demais de Maria. E fazia tudo pela Trutona. Passou o tempo e a menina, de tanto viver no borralho, começou a ser chamada de Maria Borralheira. Certa feita, a madrasta apareceu com um saco de algodão e disse para a menina que era para fiar e entregar, no outro dia, tudo pronto, sem falta.

Maria começou a chorar e se lamentar, quando a vaquinha *berrou*. Ela foi atrás, e a vaquinha disse:

— Não chore, Maria. Traga aqui o algodão que eu vou comê-lo. Quando estercar, estará todo fiado.

E assim aconteceu. Maria levou à madrasta os bolos de linha, alvos como mais não podiam ser. A madrasta pegou os fios e falou:

— Assim é que eu gosto. Amanhã você vai lavar toda a roupa suja, mas não é para deixar nenhum encardido. — E deu uma trouxa enorme para a pobrezinha.

Maria ia arrastando a trouxa para o rio, quando a vaquinha *berrou*. Ela foi atrás e explicou por que estava triste. A vaca pegou as roupas imundas e comeu peça por peça. Quando estercou, a roupa estava limpinha, cheirosa e passada a ferro. A madrasta, ao receber a roupa, ficou desconfiada. Pegou, então, outro saco de algodão maior que o primeiro e deu para Maria fiar a lã. Enquanto Maria procurava a vaquinha, a madrasta malvada *curiava* tudo. Bem depressa a vaquinha estercou os bolos de linha graúdos, bonitos que só vendo. A madrasta recebeu a linha, mas não disse nada. Esperou que o marido voltasse e falou:

— Marido, estou grávida e com desejo de comer carne de vaca. Mas só serve se for da vaca de Maria.

O homem tentou tirar aquela ideia da cabeça da esposa, mas a malvada disse que, se não comesse a carne, perderia o neném.

O pai procurou Maria, que, chorando, disse:

— Pai, a vaquinha é lembrança de minha mãe.

Mas o pai não mudou de ideia, e Maria foi atrás da vaquinha, chorando. Nem precisou contar nada, pois ela, sendo encantada, já sabia de tudo:

— Chore não, Maria. Quando me matarem, pegue o fato e vá limpá-lo no rio. Dentro tem três varinhas de condão. O que precisar é só pedir às varinhas que não lhe será negado.

O pai matou a vaquinha e Maria teve que preparar a comida. Mas ela não tocou na carne. Depois, escorreu as tripas e foi ao rio *tratar* o fato. Lavou, retirou as três varinhas e pôs o fato limpo numa gamela. O rio subiu e levou a gamela embora. Maria correu atrás. Pega, não pega, perdeu de vista. A gamela parou perto duma casinha onde moravam três irmãs. As mulheres, que eram três fadas, pegaram a gamela, guardaram e foram para a missa. Maria, com a ajuda da varinha de condão, chegou à dita casinha das fadas. Bateu à porta e saiu uma cachorrinha encantada, que a convidou a entrar. Maria perguntou pela gamela e a cachorrinha respondeu:

— Minhas sinhás pegaram. Você agora tem que esperar elas voltarem.

Maria, enquanto esperava a volta das mulheres, pegou uma vassoura e varreu a casa, que estava uma bagunça só. Acendeu o fogo, cozinhou feijão, arroz e carne para o almoço. Varreu o terreiro e encheu os potes, que estavam secos. Depois se escondeu atrás da porta, onde foi esperar as donas da casa.

Quando as irmãs chegaram, a cachorrinha falou:

— Bem! bem! bem! Quem tanto bem nos fez está atrás da porta.

A primeira das irmãs disse:

— Permita Deus que, quando sair de lá, tenha uma estrela de ouro na testa.

A segunda:

— Permita Deus que seus pés se tornem pés de anjo.

E a terceira:

— Permita Deus que, quando cuspir, lhe saia ouro da boca.

Quando ela saiu, os milagres se realizaram, e nos pés tinha um par de sapatinhos de ouro.

Maria escondeu os sapatos e as varinhas, com medo da madrasta. Mas, um dia, a Trutona descobriu a estrela de ouro na testa, e percebeu que saíam faíscas douradas de sua boca quando ela falava. Foi até a mãe para que esta obrigasse Maria a dizer a verdade. A madrasta exigiu e Maria contou a história, só que ao contrário:

— Quando fui *tratar* o fato da vaquinha, o rio carregou a gamela.

Cheguei a casa de umas mulheres, peguei uma cachorrinha que tem lá e dei uma surra. Joguei fora a água dos potes, espalhei cisco pela casa inteira e bagunçei o terreiro.

A Trutona, com inveja, mandou o pai matar a sua vaca. Ele matou, tirou o fato e deu para ela. A Trutona pôs a gamela no rio e correu atrás. A correnteza foi mais rápida. Mesmo assim, ela foi bater na casa de que Maria falara. As três irmãs acharam a gamela, guardaram e foram à missa. A Trutona entrou e, assim que viu a cachorrinha, deu-lhe uma surra que quase a matou. Derramou a água dos potes, emporcalhou a casa e o quintal e foi se esconder atrás da porta.

Quando as irmãs chegaram, a cachorrinha latiu:

— Bem! bem! bem! Quem tanto mal nos fez está atrás da porta.

A primeira decretou:

— Permita Deus que ela fique mais feia do que já é!

A segunda:

— Permita Deus que ela tenha um pé de gigante!

E a terceira:

— Permita Deus que, quando ela falar, saia esterco da boca!

A Trutona foi para casa, chorando, morrendo de raiva de Maria.

Passou o tempo e a madrasta mandou fazer vestidos novos para a Trutona, pois ia ter missa, e o príncipe se faria presente naquele domingo. Maria queria ir, mas a madrasta berrou:

— Volte para o borralho que é seu lugar!

Assim que as duas saíram, Maria pegou a varinha de condão e pediu um vestido e uma carruagem, calçou o sapatinho de ouro e foi para a igreja. Quando entrou, a Trutona disse para a mãe:

— Olhe lá a Maria Borralheira como está bonita!

— Que Maria Borralheira nada! Aquela ali é asseada. E fique quieta que você está sujando toda a roupa!

O príncipe pegou a olhar para Maria, mas ela não deu muita atenção. Antes de terminar a missa, Maria subiu na carruagem e sumiu no mundo. Quando a madrasta chegou, que a viu no borralho toda suja, disse à Trutona:

— Eu não disse que não era Maria Borralheira, que nem vestido tem.

No outro domingo na missa aconteceu o mesmo, e Maria escapou por pouco do príncipe, que já estava apaixonado.

Da terceira vez, não teve jeito. Maria esperou as duas saírem, trajou o mais belo vestido, fez aparecer a carruagem e foi para a igreja. Entretida, perdeu a hora, e o príncipe, terminada a missa, correu atrás dela. Maria, então, lhe atirou um sapatinho, e ele pegou-o e o guardou.

O príncipe saiu, desesperado, de porta em porta procurando a dona do sapatinho. A última casa em que passou foi a de Maria. A madrasta foi atendê-lo, e o príncipe perguntou:

— A senhora tem alguma filha para experimentar esse sapatinho?

— Tenho. Venha cá, Maria Trutona.

Quando o príncipe viu o tamanho do pé da condenada, ficou assustado:

— Não tem condições de essa aí ser a dona desse sapato! Ela é muito desajeitada. A senhora não tem outra filha?

— Tenho não. Só essa mesma.

Mas Maria ouviu tudo e, quando o príncipe se preparava para ir embora, ela o chamou. Ele pediu para calçar nela o sapatinho, e ela assentiu. O sapatinho se ajustou direitinho no pé de Maria. A madrasta ficou com tanta raiva que quis matar a enteada, mas o príncipe não deixou. Quando o pai de Maria voltou, abençoou o casamento dela com o príncipe.

A Trutona e a madrasta foram escorraçadas dali, e até hoje não se sabe onde foram parar.

Maria Rosa Fróes,
Brumado, Bahia.

22. O corcunda e o zambeta

Dizem que este caso se deu no interior de Alagoas. Uns afirmam que era o tempo das Santas Missões. Outros juram que era uma festa de padroeiro ou ainda a Semana Santa. Foi assim: dois mendigos imploravam "uma esmola pelo amor de Deus" nas escadarias da Igreja de Nossa Senhora da Conceição, em Água Branca. O mendigo mais velho era zambeta e muito ranzinza. O mais moço era corcunda, mas sempre animado. O corcunda, depois do expediente, como sempre, se dirigia a seu casebre de taipa, às margens do rio Ouricuri; no percurso, ao passar em frente ao cemitério, ouviu uma voz cavernosa:

— Uuuuhhh! Uuhhh! Alguém me ajude! Alguém me ajude!

O corcunda ficou muito assustado, mas, penalizado e curioso, decidiu pular o portão do cemitério. Para sua surpresa, deu de cara com uma alma penada, *vivinha da silva*, lamentando a sorte. A assombração fez-lhe um pedido:

— Ô *pareia*, você tem um casaco para me dar?

Tremendo igual vara verde, o corcunda respondeu:

— Tenho não...

— Você tem um taquinho de fumo de rolo de Arapiraca?

— Tenho não...

— Não tem nem um pedacinho de rapadura?

— Tenho não...

A essa altura, a alma penada estava ainda mais irritada:

— Não tem nem um punhadinho de farinha?

— Tenho não...

Enfurecida, a assombração berrou:

— Ah, seu desgraçado, já que você não tem nada, então me dê essa corcunda!

E, num piscar de olhos, a corcova havia desaparecido, e o ex-corcunda saiu saltitante, radiante, pulando as catacumbas e covas, cantando o *Coqueiro da Bahia*.

Alguns dias se passaram e ele, o ex-corcunda, foi à igreja. Lá, reencontrou o seu companheiro zambeta, que ficou assustado, curioso, intrigado, e, diga-se de passagem, com muita inveja:

— Como foi isso? *Me* conta! *Me* conta! *Me* conta logo!

O *corcunda-sem-corcunda* contou o acontecido:

— Naquele dia, passei pelo cemitério e ouvi alguém pedindo ajuda, mas, como não pude ajudar porque não tinha nada, a pessoa ficou com muita raiva e roubou minha corcunda.

Zambeta, mais que interessado, alardeou:

— Vou passar lá também! Quero ficar bom para calar a boca de muita gente!

E assim, no finalzinho da tarde, o zambeta se dirigiu ao cemitério. Nem esperou a alma penada chamar, e, pulando o portão, já foi dizendo:

— Eu não tenho nada, não!

A alma penada ficou cabreira:

— Eu ainda nem disse nada. Mas você não tem um pedacinho de fumo de rolo de Arapiraca?

— Eu já falei que não tenho nada!

— Um punhadinho de farinha?

— Ô peste! Já disse que não tenho nada!

A alma penada foi ficando irritada, irritada...

— Não tem nem um casaco para me esquentar?

— Tenho não, já falei!

E a alma, revoltada, berrou:

— Ah, seu desgraçado, já que você não tem nada, fique com essa maldita corcunda!

João Gomes de Sá, *São Paulo-SP.*
Proveniência: Água Branca, Alagoas.

23. O Diabo e o andarilho

No tempo em que todo país era governado por um rei, viveu um velho muito rico que tinha um único filho. E esse rapaz, de uma hora para outra, achou de sair pelo mundo, para conhecer novas terras. O pai tentou fazê-lo desistir da ideia, mas... qual! Ele estava resolvido. O velho, então, pegou duas *bruacas* de dinheiro, mandou preparar um burro, entregou tudo ao filho e se despediu dele, abençoando-o. O moço *colocou viagem*. Andou, andou, sempre parando no local onde havia uma igreja velha para reformá-la.

Depois de muito andar, avistou uma capela velha, caindo aos pedaços. Pagou uns homens para reformá-la. Eles fizeram conforme o combinado, mas deixaram de pintar uma imagem do Diabo num quadro. Ele fez questão de que os homens cuidassem de tudo e a imagem foi restaurada. O rapaz, satisfeito, prosseguiu a viagem, indo parar num reino distante. Lá, pediu arrancho a uma velha. Ela o recebeu, pois viu que ele era endinheirado. O rapaz, então, perguntou-lhe:

— Minha velha, nesse reino eu vi uma igreja precisando de reparo. Será que eu posso pagar uma reforma?

— Não, senhor! Essa igreja é do rei, e tem que pedir autorização — foi o que a velha disse, e pensou: "Ele deve ter muito dinheiro mesmo".

Assim que se viu sozinha, ela achou de *curiar* as coisas do andarilho, e viu as *bruacas* de dinheiro. Aí cresceu o olho, foi até o rei e delatou o rapaz como ladrão. A lei do lugar mandava para a forca quem fosse acusado de roubo. O rei mandou prender o estrangeiro e, com oito dias, ele subiria à forca.

No dia em que o moço ia ser executado, ajuntou-se muita gente em frente ao palácio. A velha estava assistindo à cena, quando veio uma coisa estranha, agarrou-a e desapareceu com ela. O povo ficou apavorado e o rei, mais ainda. Todos perceberam, naquela hora, que o moço era inocente, e o rei mandou que o soltassem imediatamente.

Ele *pôs viagem* novamente. A caminho de casa, avistou um braço de mar, impossível de ser atravessado a nado. Além do mais, o mar era cheio de feras. De repente, chegou um *freguês*, não se sabe de onde, e se ofereceu para atravessá-lo:

— Suba em minhas costas, que eu lhe atravesso.

Fazer o quê?! Ele precisava chegar ao outro lado, e subiu *nas* costas do estranho, que começou a nadar com muita rapidez. Chegando ao meio do mar, no lugar mais perigoso, o *freguês* perguntou-lhe:

— Você acredita mesmo em quem: em Deus ou no Diabo?

O rapaz, de pronto, respondeu:

— Nos dois!

Aí o estranho continuou nadando e o deixou, são e salvo, do outro lado.

O moço lembrou-se da igreja que mandara reformar e compreendeu quem o havia ajudado.

Guilherme Pereira da Silva,
Serra do Ramalho, Bahia.

24. A afilhada de Santo Antônio

Era uma vez um homem que tinha muitos filhos. A filha mais nova, por ter nascido no dia de Santo Antônio, recebeu o nome de Antônia, e o santo foi seu padrinho de batismo. Quando ficou mocinha, todos só a tratavam por *Antoninha*. Como a família era muito pobre, ela resolveu sair pelo mundo à procura de recurso. O pai ainda tentou demovê-la da ideia, mas, vendo que não tinha jeito, pôs a bênção na filha. A moça, antes de sair, chamou Santo Antônio para tomar conselho, e ele a aconselhou:

— Minha filha, você vai sair trajada como homem e, a partir de hoje, seu nome será *Antônio*.

E deu para a moça uma mulinha para ela viajar, aconselhando-a, no perigo, a sempre chamar: "Santo Antônio, meu padrinho! Santo Antônio, meu padrinho!".

Numa cidade distante, *Antoninho* parou numa venda para almoçar. O filho da proprietária foi até a mãe, encantado com a beleza das feições do recém-chegado:

— Mãe, aqui chegou um rapaz, mas eu acho que não é homem, é mulher.

A mãe olhou, viu os cabelos cortados e conheceu que era homem. O moço apontou:

— E os seios?

— É homem. Só que está um pouco gordo.

Antoninho ficou trabalhando na venda e o rapaz continuava cada dia mais apaixonado. Um dia, ele pediu à mãe para assar carne e convidou *Antoninho* para almoçar junto, pois, ensinaram-lhe, se fosse mulher, lamberia os dedos; se fosse homem, os esfregaria na farinha.

Depois do convite, o falso moço, aperreado, chamou: "Santo Antônio, meu padrinho! Santo Antônio, meu padrinho!" e o santo, que de tudo sabia, orientou a afilhada a fazer como os homens. Depois, o moço apaixonado foi se queixar à mãe:

— Ela limpou os dedos na farinha. Então é homem. Mas o semblante é de mulher, não é de homem, não!

A mãe ensinou outro truque:

— Ele disse que vai dormir hoje numa rede armada debaixo do pé de laranja. Amanhã, se a rede amanhecer cheia de flor, é mulher, não é homem, não.

A moça, desconfiada, antes de dormir, invocou a proteção de seu padrinho. O santo disse a ela que amarrasse a mulinha no pé de laranja e fosse dormir em paz. À noite, a rede onde *Antoninho* dormia se encheu de flor de laranja, mas de manhã não havia mais nada: a mulinha tinha comido tudo. O rapaz, que veio tirar a prova, voltou de cabeça baixa, queixando-se para a mãe:

— Mãe, não vi uma flor sequer na rede, mas o semblante é de mulher, não é de homem, não.

— É homem, filho, mas tem o semblante de mulher. Amanhã você o convida para tomar banho no rio. Aí saberá se é homem ou mulher.

O moço convidou *Antoninho*, que não teve como recusar. Quando estava anoitecendo, foram em direção ao rio. O rapaz tirou a roupa e caiu n'água. *Antoninho*, desesperado, gritou:

— Santo Antônio, meu padrinho! Santo Antônio, meu padrinho! — e o santo enviou a mulinha; o falso moço montou e caiu no mundo, deixando o rapaz "chupando o dedo".

Assim, a moça voltou para a casa do pai, mas continuou a se trajar como homem.

Acontece que a filha do rei do lugar foi levada por uma serpente e desapareceu no rio. E, certo dia, a rainha viu *Antoninho* e se *interessou* por ele. Como não arranjou nada, foi relatar ao rei que havia um rapaz adivinhão que disse saber como trazer a princesa de volta. Diante do falso levantado, *Antoninho* teve de comparecer à presença do rei, que lhe intimou a honrar o "prometido". Não adiantou *ele* negar, pois teve de ir em direção ao rio. Chamado, Santo Antônio apareceu e lhe explicou como fazer:

— Preste atenção, filha, que não haverá perigo: despeje uma lata de azeite doce no rio e a água se abrirá, dando passagem até o local onde a moça está presa. A serpente está dormindo. No fundo do rio tem um quarto com sete portas, que você deve destrancar sem tirar as chaves da fechadura sob o risco de acordar a serpente.

Antoninho fez conforme o santo recomendara e conseguiu libertar a princesa. Em liberdade, contou à moça sobre o falso levantado pela mãe dela. A princesa, a partir daquele momento, não disse mais nenhuma palavra, voltando pra casa completamente muda.

Noutra ocasião, a rainha foi lavar a mão no rio e um anel precioso escapuliu-lhe do dedo. Mais uma vez ela quis vingar-se de *Antoninho* e disse que ele daria conta do anel já que foi capaz de restituir-lhe a princesa. Então foi dizer ao rei que o rapaz lhe garantiu que encontraria a joia. Não adiantou *Antoninho* negar, pois palavra de rei não volta, e *ele* foi apelar ao santo, seu padrinho, que lhe ensinou:

— Procure os vendedores de peixe e compre a traíra que custa um cruzado. Em casa, limpe e trate, pois na barriga do peixe encontrará o tal anel.

Antoninho seguiu à risca o conselho do santo e, no outro dia, foi entregar o anel à rainha. Esta, em vez de ficar contente, levantou-lhe mais um falso: disse que *ele* garantiu que faria sua filha recuperar a fala. *Antoninho* mais uma vez negou ao rei que houvesse dito tal coisa, mas, não vendo saída, indagou à princesa:

— *Muda mudança*, por que sua mãe garantiu que eu lhe restituiria a fala, sem eu nunca ter afirmado tal coisa?

A princesa desasnou e falou:

— Eu fiquei muda quando soube da falsidade da minha mãe, pois é você que eu quero para meu esposo.

O falso rapaz se agoniou e tornou a gritar por Santo Antônio. O santo chegou e lhe disse:

— Tenha calma, pois você vai casar com ela — e Antoninha, por graça do seu padrinho, virou homem e casou com a princesa.

Maria Rosa Fróes,
Brumado, Bahia.

25. O compadre rico e o compadre pobre

Era uma vez dois compadres: um pobre e o outro rico. Certa vez, o pobre foi à casa do rico para ver se este lhe arranjava um garrotinho, pois tinha muitos filhos e, devido à penúria, arriscavam morrer de fome. Mas o rico, que era muito soberbo, não só negou-lhe o garrotinho como ameaçou descer-lhe o cacete caso insistisse. O pobre, frustrado, voltou para casa onde foi chorar junto à esposa sua sina madrasta.

No outro dia, cedinho, sem outro recurso, pegou as tralhas de pescaria e foi à fonte ver se pegava alguma traíra para o almoço. Naquela lamentação, surgiu uma voz de dentro da fonte, perguntando a razão de tanto alvoroço. Ele, aí, contou a maldade do compadre. A voz se compadeceu dele e fez-lhe presente de uma toalha, dizendo:

— Quando estiver em sua casa, basta estender esta toalha, dizendo: "Toalha, deite mesa", que aparecerá comida de toda qualidade.

E lá foi o pobre, todo alegre, para casa, onde mostrou à mulher o estranho presente. Para testar, estendeu a toalha, dizendo: "Toalha, deite mesa" e, num instante, a mesa ficou forrada de comida. Pai, mãe e filhos se alimentaram naquele dia como nunca! Comeram, comeram, mas era tanta a fartura que nem eles, esfomeados como estavam, deram conta. Quando acabaram, o marido disse:

— Agora vou à casa de nosso compadre mostrar a ele a toalhinha benta.

A mulher, que já conhecia as manhas do compadre, alertou-o:

— Vai não, marido, que nosso compadre é avarento e vai querer a toalhinha pra ele.

Mas não teve jeito e o homem acabou indo à casa do compadre rico, a quem mostrou as artes da toalha:

— Olhe, compadre, eu tenho aqui uma toalha que vale bem mais que o seu garrotinho.

O rico olhou-o com desconfiança; por fim, perguntou:

— E o que essa toalha tem de diferente das outras?

O pobre, então, estendeu a toalha e disse:

— Toalha, deite mesa.

Quando viu o poder da toalha, a família do rico ficou de queixo caído. Depois que todos comeram, o pobre recolheu a toalhinha, mas quando ia para casa, o rico — *vapo*! — tomou-a de suas mãos. O pobre pediu, implorou até, mas não houve meios de o rico restituí-la. E lá foi ele embora, chorando e se maldizendo. Ainda teve de suportar a mulher, que com razão lhe advertira sobre a avareza do outro:

— Eu lhe disse, marido, que o nosso compadre não prestava. Você foi lá de teimoso!

No outro dia, ele foi à fonte, triste como o quê. A mesma voz do dia anterior quis saber a razão de tanta tristeza e ele contou a nova maldade do compadre rico. A voz, desta vez, lhe ofereceu uma bolsa, dizendo:

— Quando chegar em casa, basta dizer: "Bolsa, deite dinheiro", que aparecerá em sua frente dinheiro como você nunca viu.

Em casa, ele mostrou a bolsa à mulher. Quando disse: "Bolsa, deite dinheiro", apareceu dinheiro como aqueles pobres nunca tinham sequer sonhado. Mas o pobre, teimoso que só ele, achou de ir mostrar ao compadre rico a bolsinha misteriosa. De nada adiantou o rogo da mulher. Na casa do rico, ele começou a pabulagem:

— Olhe, compadre, tenho uma coisa que é ainda melhor que o garrotinho e a toalhinha.

O outro veio até a porta, cheio de curiosidade, e ele apontou a bolsinha, dizendo:

— Bolsa, deite dinheiro.

A família do rico correu e ajuntou todo o dinheiro que a bolsinha deitou fora. Quando o pobre ia voltando para casa, o rico correu, atalhou-o e — *vapo*! — tomou-lhe também a bolsinha.

Em casa foi uma lamentação só. E, além do mais, teve de aguentar a mulher relembrando o tempo todo a sua teimosia. De manhã, ele pegou a mesma tralha de pescaria e se dirigiu à fonte. Lá, contou à voz que o compadre lhe surrupiou a bolsa. A voz condoeu-se dele e deu-lhe uma palmatória, explicando detalhadamente o que devia fazer:

— Pegue esta palmatória; vá à casa de seu compadre e diga: "Palmatória, trabalha!"

O homem foi para casa e a mulher quis saber o que ele tinha ganhado desta vez. Ele não queria mostrar, mas ela o ameaçou. Ele, então, mostrou o presente, dizendo:

— Palmatória, trabalha! — e a palmatória, sem que ninguém a segurasse, desandou pra cima da mulher e da filharada do pobre, que foi aquele horror!

Depois ele disse à mulher:

— Agora vou à casa de nosso compadre mostrar a minha palmatória.

— Vá logo, marido; não sei por que você está demorando tanto! Nosso compadre vai gostar de receber este "presente".

E lá foi o compadre pobre. Assim que o rico o viu, quis saber o que ele lhe trazia desta vez. O pobre não se fez de rogado e disse:

— Ô compadre, o que trago desta vez é bem melhor que o garrotinho, a toalhinha e a bolsinha. E, tirando a palmatória da capanga, gritou:

— Palmatória, trabalha!

E a palmatória caiu de pau em cima do compadre rico e dos filhos deste. Ele, não aguentando mais, gritou:

— Ô mulher, vá pegar logo a toalhinha de nosso compadre, pois ele ficou doido!

A mulher foi correndo, pegou a toalha e entregou-a ao compadre pobre. Aí ele gritou novamente:

— Palmatória, trabalha!

E a palmatória caiu em cima da mulher do rico, que não aguentou e pediu arrego:

— Corra, marido, e traga logo a bolsa de nosso compadre, que ele ficou doido de tudo!

Assim que o marido trouxe a bolsa, a palmatória parou de *chiar* no lombo da mulher. E o compadre pobre voltou para casa, levando de volta tudo que o rico tinha tomado mais o garrotinho, ficando muito rico, enquanto o seu compadre, que era rico, ficou pobre.

Valdi Fernandes Farias,
Serra do Ramalho, Bahia.

26. A princesa de chifres

Há muito tempo, vivia, numa terra distante, um rapaz bastante brincalhão e, por isso mesmo, bem estimado pelo povo. Porém, tinha esse mesmo rapaz uma ideia fixa: casar com a filha do rei, razão por que a moça lhe tinha um ódio de morte. Certa feita, numa festa, ele comentou com todo mundo que casaria com a princesa, mas ela, que estava presente, quando soube, ficou *vendendo azeite às canadas* e imaginando um jeito de se vingar de seu simplório pretendente.

Terminada a festa, todos voltaram para suas casas. Sabendo que o rapaz, na volta, passaria em frente ao palácio, a princesa ordenou aos criados que, no momento certo, lhe despejassem um urinol cheio de porcaria na cabeça. E foi exatamente o que eles fizeram. O rapaz, que era muito pobre, vendo a sua roupa de baile totalmente estragada, além da humilhação por que passara, foi embora chorando, pensando num jeito de ir à forra. A vergonha foi tanta que ele passou a ficar boa parte do tempo escondido na floresta.

Passados muitos dias, ele avistou um pé de figo branco, tão bonito, mas tão bonito, que não resistiu e comeu uns figos. No mesmo instante, nasceu-lhe na cabeça um par de chifres enormes, e o coitado abriu a boca no mundo. Mas, para sua sorte, mais adiante, avistou outro pé de figo, só que esse era roxo. Também não resistiu e comeu. Por milagre, caíram-lhe os chifres e ele ficou mocho outra vez. Logo teve uma ideia: encheu o embornal de figos brancos e voltou pra cidade, onde apurou um bom dinheiro, vendendo-os para o povo. Sem saber por que, todas as pessoas do reino, de uma hora para outra, ficaram chifrudas, incluindo o rei, a rainha e a princesa.

Depois do rebuliço, o rapaz voltou para a floresta, encheu o embornal de figos roxos e saiu distribuindo, a torto e a direito, livrando o povo da sina de ser chifrudo. Quando curou todo o povo, foi ao palácio curar o rei e a rainha. Lá, perguntou pela princesa e ficou sabendo que ela estava no sótão. Ele, que não esquecera a humilhação, disse para a orgulhosa:

— Se depender de mim, você vai morrer com estes chifres!

Dizendo isto, foi embora para um lugar bem afastado, onde, tempos depois, lhe chegou a notícia de que a princesa havia morrido de raiva e tristeza.

Jesuína Pereira Magalhães*,*
Igaporã, Bahia.

27. O gato preto

Um boiadeiro vivia viajando com a boiada. Ele e a mulher viviam bem. Até que um dia a mulher cismou que queria um gato, e tanto insistiu que o marido já não aguentava mais. Também pudera: a casa estava infestada de ratos. Numa viagem, ele viu um gato preto cruzar o seu caminho. Então pegou-o, levou-o para casa e entregou-o à mulher.

— Você queria tanto um gato que eu trouxe um para casa!

A mulher ficou muito feliz e o homem pegou feijão azedo, um monte de cuscuz seco e deu ao gato. Ele comeu tudo, pois estava com uma fome danada. Mas quando o homem viajou, a mulher pelejou para o gato comer: deu-lhe ensopado, feijão, carne, frango, mas ele nem chegava perto. Ficou pesteado, magro e feio. Quando o homem voltou, o gato foi se achegando, roçando suas pernas e miando de dar pena. Então o marido indagou da mulher:

— Por que você não alimentou o gato?

De nada adiantou a explicação dela, pois bastou o marido ir até a cozinha, pegar feijão azedo e cuscuz seco e dar para o gato, para o bicho comer com gosto.

— Mulher, mulher, você queria tanto um gato, e agora nem zela dele?! Se eu chegar de novo e encontrar esse gato nesse estado, vou lhe dar uma peia!

A pobre da mulher ficou sem saber o que fazer!

Quando chegou o dia de viajar novamente, o marido lembrou à esposa da promessa se o gato não fosse bem tratado em sua ausência. Bastou, porém, o homem sair para o gato enjeitar toda comida. Quando o marido voltou de viagem, o gato já foi roçando nas pernas dele, magro de dar dó. O homem desceu o sarrafo na mulher, e depois deu comida ao gato. Daí em diante, todas as vezes que ele viajava, era a mesma coisa. A mulher rezava e se apegava com tudo quanto era santo, mas não escapava do castigo.

Numa das viagens, como estava escurecendo, o boiadeiro amarrou a mula um pouco distante de um pé de pau com um oco bem grande, onde resolveu se aranchar para se proteger das feras. Quando estava quase dormindo, viu chegarem dois capetas, que começaram a jogar baralho e conversar.

Por último, chegou outro capeta na forma de um gato preto. Um deles perguntou ao gato:

— O que você tem feito de maldade?

— Moço, eu tomei a forma desse gato e atravessei na frente de um boiadeiro. A mulher dele queria muito um gato, e ele me levou para casa. Tudo o que ele me dá, eu como. Mas, quando viaja, recomenda à mulher para zelar de mim se não ela leva uma peia. A pobre me serve do bom e do melhor, mas eu nem chego perto.

O homem, escondido no oco, percebeu que o capeta falava dele, mas ficou quietinho. E o gato perguntou para o outro capeta:

— E você, o que tem feito de ruim?

— Numa fazenda aqui perto, a filha do fazendeiro está com uma doença que ninguém sabe a cura. A moça está para morrer, e o que ela tem é uma serpente na barriga. O remédio são três gotas de leite de uma vaca preta, sem uma pinta branca. Se alguém pingar em sua boca, a serpente sai e a moça fica curada.

O terceiro capeta disse em seguida:

— Já eu estou fazendo o povo todo morrer de sede, os pastos secarem e o gado definhar. O encanto está num *olho* de enxada enfiado num lajedo. Se alguém o remover de lá, vai verter água em fartura. Mas ninguém sabe disso, então, vai se acabar tudo em seca.

Os capetas ficaram por ali fazendo algazarra até quando o galo cantou e eles sumiram. O homem nem dormiu e, de manhã, marchou para casa. O gato magro já roçava em suas pernas e miava. Então ele foi ao fogão e mandou ver lenha no fogo; era tição e mais tição. Depois pegou um espeto e pôs nas brasas até ficar bem vermelho. Em seguida, passou a tranca em todas as portas e janelas e só depois chamou o gato:

— Vem cá pra eu lhe dar um gostoso! — E levou-o para a cozinha, pegou o espeto e atravessou o gato. O bicho deu um estouro e o cheiro de enxofre tomou conta do lugar.

Aí o homem explicou para a mulher:

— Aquele gato era o capeta em pessoa que queria destruir nosso casamento. Agora eu tenho outra missão a cumprir.

Selou a mula e saiu. Foi à fazenda onde vivia a moça doente, tirou o leite da vaca preta e pôs os três pingos na boca da moça. Na mesma hora, saiu a serpente e ela ficou curada. O homem recebeu uma boiada de recompensa! Depois, foi ao lajedo e tirou o *olho* de enxada que estava socado nas pedras e, na mesma hora, verteu água em fartura. Todo o povo de lá ficou agradecido e ele foi regiamente recompensado.

O homem, então, voltou para casa, rico e satisfeito. Mas um vizinho invejoso, quando percebeu que ele estava rico, quis saber a razão. O homem não queria contar, mas, de tanto o invejoso insistir, resolveu falar a verdade: foi e mostrou o pé de pau oco onde ocorria a reunião dos *bichos*.

Do mesmo jeito o vizinho fez. Foi até o pé de pau e se escondeu no oco, esperando ficar rico. De repente, chegaram os capetas e iniciaram a reunião. O primeiro começou a falar:

— O danado do boiadeiro, que até ali me tratava bem, me varou no meio com um espeto em brasa!

O segundo disse:

— Comigo também aconteceu o mesmo e a moça em quem eu pus o feitiço ficou curada.

O terceiro, por sua vez, lamentou:

— Alguém sabia nosso segredo, pois também desvendaram o mistério do *olho* de enxada e o lajedo verteu água! Parece que tinha alguém nos escutando!

O invejoso estremeceu. Nisso, os capetas resolveram olhar dentro do oco do pau e o descobriram.

— Ah! Então foi você? — E agarraram o sujeito e deram uma surra que o deixou quase morto. Quem mandou ser ganancioso?!

José Nildo Oliveira Cardoso*, São Paulo-SP.*
Proveniência: Garanhuns, Pernambuco.

28. O galo aconselhador

Era um homem casado com uma mulher muito cruel que o maltratava muito. O coitado ia para a roça, trabalhava de manhã até de noite e, quando chegava a casa, levava uma surra da esposa. Um dia, por nada, ela pegou um cacete, deu-lhe uma grande surra e o expulsou. Homem mole! Onde já se viu? Sentou-se na entrada da casa e começou a chorar.

O galo do terreiro, vendo aquilo, se aproximou e perguntou a razão daquele choro.

— É porque minha mulher me bateu...

— Ora! Chorar *mor de* mulher?! Você devia ter vergonha! Tem uma mulher só e ela ainda lhe bate. Eu tenho quarenta galinhas. Se uma não me respeita, eu vou lá e dou uma bronca e ela se aquieta. E você? Ora! Tome tento!

O homem levantou-se e entrou na casa. A mulher veio em cima dele.

— Quer apanhar mais?

Ele foi se afastando, afastando, tentando evitar o confronto. Ela, de braba que era, continuou marchando na direção dele. Ele, então, segurou-lhe o braço. Ela vinha. Ele a segurava. Na derradeira, tentativa, ela, cansada, desistiu.

A partir daquele dia, ela nunca mais o desafiou e a paz reinou naquela casa.

Jesuína Pereira Magalhães,
Igaporã, Bahia.

Contos religiosos

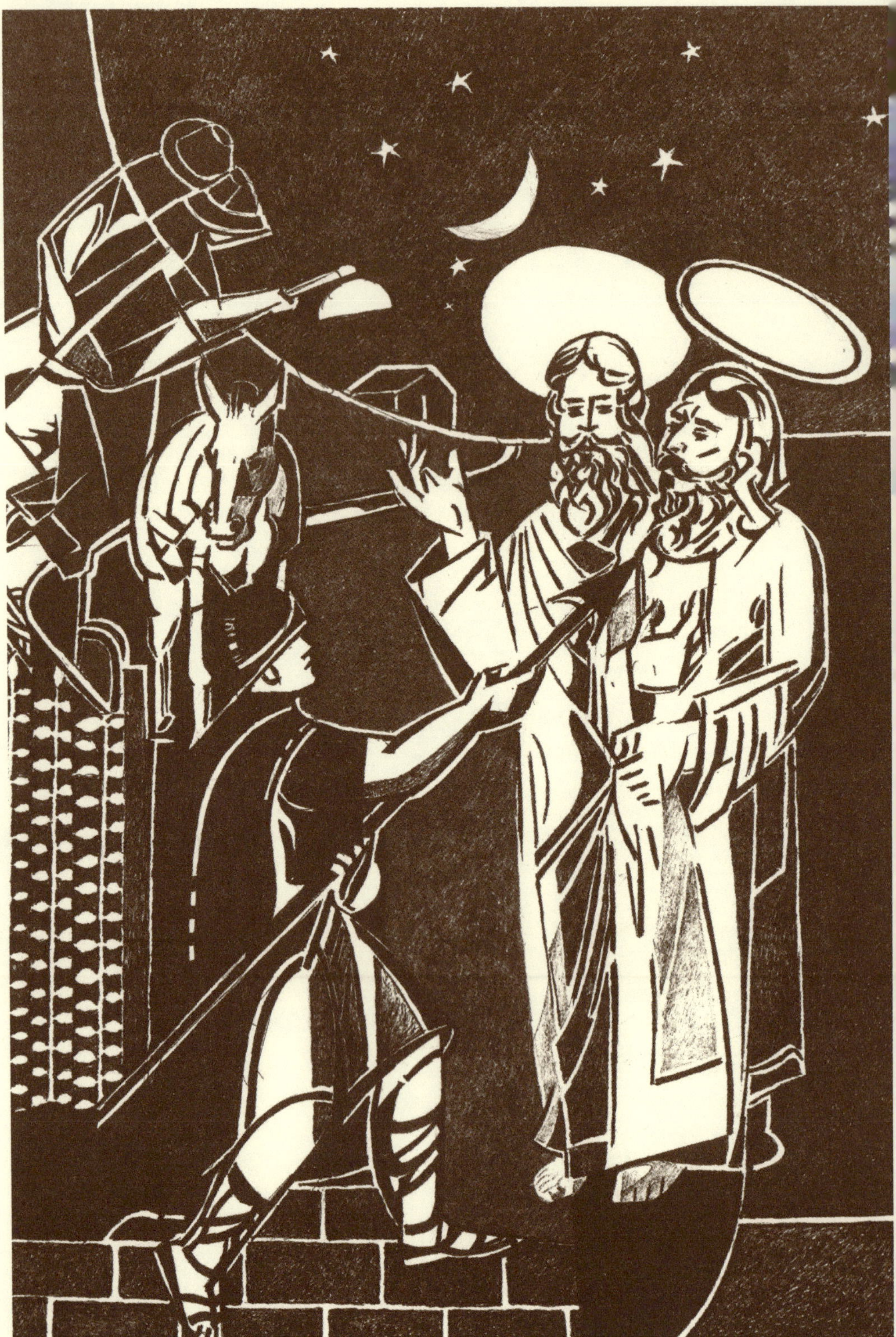

Os contos religiosos — *Narrativas pias populares*, no estudo do Prof. Oswaldo Elias Xidieh — guardam informações importantes sobre a religiosidade popular. São Brás, o santo que livra dos engasgos, é personagem do curto conto que inaugura a seção. A oração a este santo, de grande valia na medicina rústica, tem origem na situação desencadeada por uma mulher malvada que nega pousada ao santo. Xidieh apresenta São Brás como filho de Santa Verônica. A ele, ainda menino, uma mulher nega um cascorão de biju. Filho e mãe vão embora, quando ouvem os berros: o filhinho da malvada se retorce no chão, engasgado com o dito cascorão. Voltam, e o menino santo reza: "São Brás menino,/ São Brás Santo moço,/ Tirai o engasgo/ Do seu pescoço". Sílvio Romero, em *Cantos populares do Brasil*, registrou a oração: "Homem bom,/ Mulher má,/ Casa varrida,/ Esteira rota./ Senhor Sam Braz/ Disse a seu moço/ Que subisse/ Ou que descesse/ A espinha do pescoço".[6]

O conto *Nossa Senhora e o favor do bêbado* confirma o dito popular segundo o qual a ajuda, às vezes, vem de onde menos se espera. No presente caso, de um beberrão. A lenda etiológica alemã, *O copinho de Nossa Senhora*, registrada pelos Irmãos Grimm, explica a origem da campânula: um carroceiro, com uma carga de vinho, é salvo de um atoleiro pela mãe de Jesus, após matar-lhe a sede com um copo de vinho. "Desde então, a campânula ficou sendo denominada copinho de Nossa Senhora."[7] A hipocrisia, tão combatida nos evangelhos canônicos, é tema do conto *Jesus e as duas mulheres*, que reafirma o abismo que separa as palavras das ações. A parábola do fariseu e do publicano, do Evangelho de São Lucas (18:9-14), parece ser uma das fontes (ou uma ponte).

O conto 31 (*São Pedro tomando conta do tempo*) tem uma versão em cordel, *Briga de São Pedro com Jesus por causa do inverno*, de Manoel D'Almeida Filho. *O ladrão que tentou roubar Jesus* traz, no seu cerne, o motivo principal da obra de Apuleio, *O asno de ouro*. No nosso exemplar, um facínora é transformado em burro por Jesus, após uma tocaia frustrada pela onisciência do Divino Mestre. Adaptado em cordel por Manoel D'Almeida Filho (*Jesus,*

---

6. *A Santa Verônica*. In: *Narrativas pias populares*, p.70.

7. *Contos e lendas dos Irmãos Grimm*, v.2, p. 188.

São Pedro e o ladrão), figura, na recolha de Xidieh, sob o título *O burro ou o fazendeiro castigado*.

O tema da natureza denunciante aparece em *A madrasta malvada*. Sílvio Romero coligiu *A madrasta*, em que duas meninas são enterradas vivas pela personagem que dá título ao conto. O capim, nascido dos cabelos das inocentes, denuncia o crime. O milagre — o fato de serem desenterradas ainda com vida — acontece com a intercessão de Nossa Senhora, madrinha das meninas. Daí a classificação como conto religioso. Teófilo Braga recolheu no Algarve uma versão próxima da nossa. Já a versão fixada por Adolfo Coelho, *A menina e o figo*, traz sutis diferenças: é a professora da menina quem desvenda o crime, quando dá por sua falta na escola. Uma aluna, ao tentar arrancar uma rosa em sua sepultura, ouve essa cantiga:

> *Não me arranques o meu cabelo*
> *Que minha mãe mo criou,*
> *Meu pai mo penteou,*
> *Minha madrasta me enterrou,*
> *Pelo figo da figueira,*
> *Que o passarinho levou.*

Câmara Cascudo cita um conto da Costa Rica, no qual, a exemplo da nossa versão, é o irmão da menina que descobre o infanticídio. Lá, a menina não ressuscita. Ele próprio registrou *A menina enterrada viva*, e o incluiu nos *Contos tradicionais do Brasil*. O motivo é encontrado ainda em *A amoreira*, dos Irmãos Grimm, descontados, neste caso, os vaivéns que revelam uma involuntária comicidade.

Em *Jesus, São Pedro e os jogadores* (*Pouso em casa de rico, Pouso em casa de jogador* e *Pouso em casa de bagunça*, contos 46, 47 e 48 na obra de Xidieh) ficam evidentes as características de Cristo e de São Pedro, moldadas na imaginação popular. Cristo simboliza a prudência, e São Pedro, a teimosia. Teimosia que aparece implícita em *A mãe de São Pedro*, em que a genitora do chaveiro celeste é retratada como uma peste em quem nem o céu consegue dar jeito. A inserção de quadras cantadas testemunha a contaminação do conto por um auto popular que se aproxima de um bendito, *A história de Maria Ângela*, colhido por Rossini Tavares de Lima durante uma "recomenda de almas", no sítio São Luiz, em Ponte Nova, divisa de Minas Gerais com São Paulo.[8]

O conto seguinte, *O gato preto e a mulher maltratada*, figura entre os religiosos por causa do episódio da intervenção demoníaca que provoca desavenças entre um casal. Câmara Cascudo reproduziu *A audiência do capeta*,

---

8. LIMA, Rossini Tavares de. *A história de Maria Ângela na tradição da quaresma*. A Gazeta. Vitória, 21 de março de 1959. Disponível em http://www.jangadabrasil.com.br/temas/marco2011/te14502f.asp. Acessado em 5 de julho de 2011.

colhida pelo Prof. Manuel Ambrósio na zona do rio São Francisco entre Minas e Bahia. Lá, como na nossa história, a gameleira é o local escolhido para a sinistra reunião. Há uma superstição, ainda corrente no Nordeste, que sob esta árvore costumam aparecer assombrações. Talvez seja herança das sessões de entidades mitológicas — sob os carvalhos e outras árvores europeias — que o desaparecimento do paganismo transformou em demônios, no processo de acomodação das antigas crenças ao Cristianismo. No conto que coligimos, há até uma canção citando alguns dias da semana, com resquícios de velhas e desfiguradas crenças que sobrevivem do lado de cá do Atlântico.[9]

Com a presença de Jesus e São Pedro, o conto *Os dois lavradores* traz, latentes, referências a velhos ritos da fertilidade. Um dos lavradores credita a boa colheita à fé. O outro, à Lua. Este último não colhe nada. O crente, abençoado por Jesus, sai-se bem. Ainda hoje é comum o lavrador iniciar o plantio orientado por sinais: nuvens, Lua, vento etc. Mesmo não descrendo dos céus, o homem do campo, teimosamente, mantém vivas algumas tradições surgidas com a adoção da agricultura. E, por mais incrível — ou blasfemo — que possa parecer, não é o homem que demonstrou fé, mas o cultor da Lua que tem algo a nos ensinar sobre a etnoastronomia, pela simples associação que é feita entre a influência lunar e a boa colheita. A necessidade de se conhecer a posição dos astros com vistas a uma boa colheita move o homem, na face da Terra, desde a pré-história. Assim, Jesus e São Pedro simbolizam a nova fé, que fez calar os oráculos e transformou em santuários cristãos os templos da devoção pagã. Silva Campos, no Piauí, e O. E. Xidieh, no interior paulista, registraram *Jesus Cristo e os lavradores* e *Os homens que plantavam milho,* respectivamente.

O conto *História do teimoso* é praticamente uma versão do anterior, isto é, pertence à mesma categoria. O teimoso, que prefere ser metamorfoseado em sapo a dar o braço a torcer, faz lembrar São Pedro em outras histórias, enquanto o compadre que lhe dá bons conselhos é identificado a Jesus Cristo.

Dos mais importantes documentos acerca do lendário[10] cristão, a *Legenda áurea*, do frade dominicano Jacopo de Varazze (Jacobus de Voragine), escrito no século XIII, reúne as narrativas lendárias da vida de muitos santos (*Vitae*). Um deles é São Longuinho, ou Longino, que a tradição aponta como o centurião presente à crucificação de Cristo (*Mateus*, 27:54; *Marcos*, 15:39; *Lucas*, 23:47). Conforme a crença popular, ele era cego por conta de um castigo imposto pelo malvado rei Herodes. Esta parece ser a origem do conto *São Longuinho*, que, em nossa versão, recebe atributos do seu antecessor mítico, Sansão, como o poder de derrubar uma igreja (templo) com as próprias mãos. No catolicismo popular, São Longuinho tem a incumbência de ajudar a encontrar objetos desaparecidos.

---

9. Veja-se *O gato preto*, págs. 85-7, arrolado pelo prof. Paulo Correia entre os contos de encantamento.

10. Aqui entendido como conjunto de lendas.

29. São Brás

São Brás ia viajando quando chegou numa casa e pediu agasalho. O marido, que era boa pessoa, pediu à mulher:

— Arranja aí, mulher, um lugar para o velhinho.

— Só se for lá, no chiqueiro de bode!

São Brás nem reclamou da maldade da mulher e foi para onde ela apontou. Pouco depois, a mulher vai e engasga com um osso. Desesperada, manda o marido ir atrás do velho no chiqueiro, que talvez soubesse rezar para engasgo. Ele correu chamando o velho:

— Acode! Acode! que a mulher está engasgada!

O santo entrou, viu a mulher e falou:

— Senhor, São Brás, homem bom e mulher má.
Cama velha pra senhor São Brás dormir
e esteira rota pra senhor São Brás deitar.
Senhor São Brás, fazei esse engasgo descer ou voltar.

A mulher desengasgou e, por causa disso, até hoje, quem engasga repete a mesma oração, pedindo a intercessão de São Brás.

Manoel Farias Guedes *(1934-2008),*
Igaporã, Bahia.

30. Nossa Senhora e o favor do bêbado

Diz que Nossa Senhora estava num ermo com o Menino Jesus. Fazia muito frio e ela não tinha sequer um pano para embrulhá-lo. Quando deu fé, topou com um diarista com uma enxada nas costas, indo para o trabalho. Ela, então, lhe rogou:

— Ô meu senhor, você pode ir naquela cidade comprar uns paninhos pra este Menino que está morto de frio?

— Não posso, não! Não vou perder meu dia de serviço comprando pano pra menino dos outros! — e rompeu pra roça.

Daí a pouco vinha um bêbado pela estrada — vai lá, vem cá, vai lá, vem cá. Nossa Senhora fez-lhe o mesmo pedido:

— Ô meu senhor, você pode ir à cidade comprar uns paninhos para meu Menino, que está roxo de tanto frio?

O bêbado se equilibrou nas pernas e disse:

— Vou!...

Pegou o dinheiro com ela e foi. Nossa Senhora pensou: "Aquele ali não volta mais!". Mas não é que voltou?! Lá e cá, mas voltou. Após entregar os panos a Nossa Senhora, o bêbado confessou que retirou do dinheiro duzentos mil réis pra tomar uma pinga.

Por conta de sua generosidade, o bêbado foi abençoado por Nossa Senhora. Já o diarista foi amaldiçoado. Até hoje o povo costuma dizer que "criança e bêbado Deus protege". Já quem vive de serviço de roça, por mais que trabalhe, nunca vai pra frente.

Isaulite Fernandes Farias (Tia Lili),
Igaporã, Bahia.

31. São Pedro tomando conta do tempo

Jesus e São Pedro iam caminhando, caminhando, e, vez por outra, ouviam os lavradores reclamando da vida. Um lamentava não ter colhido nada porque choveu muito. Outro, mais adiante, reclamava da falta de chuva. São Pedro, como de costume, começou a questionar Jesus:

— Senhor, está tudo errado! Por que num lugar chove muito e noutro chove tão pouco? Se eu tomasse conta do tempo, ninguém nunca mais ia reclamar de nada.

Jesus o advertiu:

— Fica quieto, Pedro. Pra tudo há uma razão.

— Que nada, senhor! Deixa eu tomar conta do inverno, que ponho tudo em ordem.

— Vou deixar, Pedro, só pra você aprender a não brincar com as coisas da natureza.

E São Pedro saiu pelas roças consultando o povo. Uns pediam chuva; ele mandava. Outros pediam sol; ele mandava. Depois os que pediram sol queriam chuva e os que pediram chuva queriam sol. São Pedro atendia a todo mundo.

Passou o tempo e as roças começaram a produzir. Mas quando os roceiros foram colher, ficaram tristes: o milho, uma beleza na boneca, quando descascado, só tinha sabugo. O feijão só tinha vagem. O povo, então, se lembrou do velho que passou por lá indagando dos problemas da lavoura. E todo mundo se revoltou com São Pedro, que ficou apavorado e correu até onde estava Jesus, perguntando:

— Senhor, o que foi que aconteceu, se fiz tudo certo? Onde o sol era forte, fiz chover mais; onde a chuva era forte, fiz *solar*.

Jesus, com toda calma, perguntou:

— E o vento, Pedro? Você fez ventar nas plantações?

— Isso eu não fiz, pois não vi utilidade nenhuma.

— Está vendo, Pedro, como você não sabe de nada?! Mandou chuva e sol, mas esqueceu do vento. E é o vento que faz granar.

Isaulite Fernandes Farias *(Tia Lili)*,
Igaporã, Bahia.

32. O ladrão que tentou roubar Jesus

Quando Jesus andava pelo mundo testando o coração dos homens, aconteceu um fato muito estranho. Ele e São Pedro estavam numa terra desconhecida, num ermo, quando avistaram um casebre. Bateram à porta e saiu uma mulher com uma criancinha muito magra no colo. Jesus disse que estavam com fome e pediu água e comida para ele e São Pedro. A mulher lhes deu o pouco do *de comer* que tinha. Jesus perguntou à mulher se tinha marido, e ela disse que sim, mas no momento ele estava na roça. Antes de sair, Jesus agradeceu à mulher e deu à criancinha duas moedas de ouro. Depois ele e São Pedro montaram no jeguinho em que costumavam viajar e foram embora. Quando Jesus saiu, a mulher foi olhar as panelas e estranhou, pois, apesar de eles terem comido tudo, diante de seus olhos elas se encheram de comida.

Pouco depois, o marido voltou do *serviço* e, ao ver as duas moedas de ouro com a criança, se encheu de desconfiança e perguntou à mulher de onde vieram as tais moedas; ao que ela respondeu:

— Foram dois peregrinos que passaram por aqui e deixaram estas moedas em *paga* de um prato de comida.

— De onde vieram estas, com certeza, tem mais — disse o marido, já pegando a espingarda. — Vou buscar o resto do dinheiro.

O homem montou no cavalo e saiu em disparada para roubar a vida e o dinheiro dos peregrinos. Quando já os estava alcançando, São Pedro, que era muito medroso, olhou para trás e, ao ver o homem com uma espingarda na mão, disse a Jesus:

Senhor, tem um homem armado no nosso encalço.

Jesus olhou e sacudiu a cabeça:

— Não tem homem nenhum, Pedro. Só vejo um burro.

— Não, Senhor! Não é burro coisa nenhuma! É um homem, e quer nos pegar!...

Mas Jesus reafirmou que era um burro e deu um cabresto a São Pedro para ir montá-lo. Quando São Pedro olhou novamente, não acreditou no que via: era um burro mesmo! E assim, morrendo de medo, foi lá e encabrestou o burro.

— Agora, Pedro, monte nele.

Ainda assustado, São Pedro teve de montá-lo, e os dois seguiram viagem. Passando em frente a uma venda, Jesus ofereceu o burro ao proprietário, mas ele não tinha dinheiro. Então Jesus lhe propôs:

— Fique com o burro, que daqui a um ano eu venho buscá-lo. Pode meter o cacete sem dó e colocá-lo no arado, dia e noite. Se alguém precisar de seu serviço, pode emprestá-lo e peça pra fazer o mesmo que lhe recomendei.

Quando Nosso Senhor foi embora, o homem emprestou o burro para o seu vizinho, que, em troca, lhe deu um bom dinheiro. Depois o emprestou para outros vizinhos e todo o dinheiro apurado ele guardava para quando o homem viesse buscá-lo.

Passado um ano, Jesus e São Pedro foram buscar o burro. Quando o vendeiro o trouxe, estava magro, estropiado, cheio de bicheira e morto de cansado. *Matadura* tinha de monte. De posse do dinheiro e do burro, os dois seguiram viagem. Como o bicho estava muito machucado, São Pedro escapou de montá-lo, mas era ele quem o puxava por uma corda. Depois de muito andarem, pararam na casa da mesma mulher que os acolhera há um ano. Ela lhes deu água e Jesus perguntou o que era feito de seu marido. Ela respondeu:

— O meu marido, assim que o Senhor saiu, ao ver a criança com as moedas de ouro, foi à sua procura, tencionando roubá-lo e depois matá-lo. Depois disto, eu nunca mais o vi.

Jesus então pediu que ela chamasse o nome do marido. Ela chamou uma vez: "fulano!" E o burro *urrou*; Jesus pediu que ela o chamasse novamente. E o burro respondeu com outro *urrado*. Quando ela o chamou pela terceira vez, o encanto foi quebrado. Aí Jesus, olhando para o infeliz, disse:

— Aqui está o dinheiro que você conquistou com o seu trabalho para aprender a nunca mais pegar numa espingarda para roubar nem matar ninguém.

Com o dinheiro ganho com o trabalho, o homem prosperou e nunca mais fez mal a nenhuma pessoa nesta vida.

Jesuína Pereira Magalhães,
Igaporã, Bahia.

33. Jesus e as duas mulheres

Quando Jesus andava pelo mundo, sempre na companhia de São Pedro, aconteceu de eles passarem em frente à casa de uma mulher muito devota, das que hoje chamamos de papa-hóstia. Ela estava ajoelhada diante de um grande altar, contrita que parecia uma santa. Jesus a amaldiçoou, dizendo:

— Boca de Deus, coração do Diabo!

Prosseguindo a andança, avistaram numa casinha bem miserável uma mãe de família que tinha menino pendurado até nas orelhas. Ela dava um tapa num, um *coque* noutro, enquanto xingava cada nome que dava até medo. Aí Jesus abençoou esta mulher, dizendo:

— Boca do Diabo, coração de Deus!

São Pedro, que ficou sem entender nada, morto de raiva, repreendeu o Mestre:

— Perdoe-me se eu estiver errado, mas acho que o Senhor endoidou de vez! Quando passamos na casa daquela devota, o Senhor amaldiçoou-a porque ela rezava muito. Agora, o Senhor vem e abençoa esta daí que, além de baixar o cacete nos filhos, fala cada coisa escabrosa!

Jesus, então, esclareceu:

— Fique quieto, Pedro, que você não entende os desígnios de Deus! Aquela que você viu rezando faz tudo da boca pra fora, mas é incapaz de fazer uma caridade. Já esta daí, que é uma pobrezinha, apesar de parecer bruta, não deixa faltar nada para os filhos. Se os xinga, é porque, diferente da outra, ela não é fingida e não esconde o que pensa atrás da falsa devoção.

Jesuína Pereira Magalhães,
Igaporã, Bahia.
Luzia Josefina de Farias *(1910-1982)*,
Ponta da Serra, Riacho de Santana, Bahia.

34. A madrasta malvada

Um viúvo contratou casamento com uma mulher, pois tinha dois filhos muito novos para criar. A menina, que era mais velha, era muito linda e tinha os cabelos bem longos. Já o menino sempre acompanhava o pai, que era tropeiro, em suas prolongadas viagens. Num desses dias, o homem preparou a tropa de burros e ganhou a estrada com o filhinho. Antes de sair, recomendou à mulher que não deixasse os passarinhos comerem os frutos da figueira. Então a mulher encarregou a enteada de olhar as frutas, mas ela se entreteve e foi brincar. Vieram os passarinhos e acabaram com as frutas.

Quando a madrasta chegou, que viu o estrago, ficou muito furiosa. Depois de bater muito na menina, arrastou-a para longe de casa, cavou um buraco e a enterrou viva. Nesse lugar nasceu uma moita de capim bem verde.

O pai da menina já voltou procurando pela filha. Quando a madrasta disse que ela havia fugido, o homem acreditou. E ficou numa tristeza só. Mais tarde, mandou seu filho ir cortar a moita de capim que ele viu na estrada, para o seu burro. Quando o menino levantou o facão para cortar o capim, ouviu uma voz, de dentro da terra, cantando esta cantiga:

> *Ô moleque de meu pai,*
> *Não me corta o meu cabelo;*
> *A madrasta me enterrou*
> *Só por causa da figueira*
> *Que o passarinho bicou.*

O menino ficou muito assustado e foi correndo chamar o pai. Este foi até o local e cavou a terra com todo o cuidado possível. Logo apareceu a sua filha, que, só por milagre de Cristo, ainda estava viva. Ao descobrir a maldade da mulher, o homem ficou tão revoltado que a amarrou pelo pescoço e atou a corda no rabo do seu burro. Depois, deu uma forte chicotada e o burro saiu a toda, arrastando a malvada, deixando os pedaços pelo caminho. Dizem que até hoje a cabeça dela está na Lagoa da Pedra.

Joana Batista Rocha Ramos,
Igaporã, Bahia.

35. Jesus, São Pedro e os jogadores

Diz que Jesus e São Pedro, depois de muito andarem, estavam bem estafados; por isso mesmo resolveram pedir um *agasalho* num lugar onde havia uns homens jogando apostado. O dono lhes indicou um quartinho nos fundos. Então Jesus disse ao companheiro:

— Pedro, vamos combinar assim: você dorme atrás e eu durmo mais adiante.

— Está bem, Senhor — disse São Pedro, morto de sono.

Um dos jogadores, que de uma hora para outra desandou a perder todas as partidas, queixou-se ao dono da casa:

— Antes eu estava ganhando todas as partidas. Mas depois que aqueles dois homens chegaram, eu não ganho mais nada. A culpa é deles.

O dito levantou-se da mesa, com uma vara de mocambo, entrou no quarto e baixou o pau em São Pedro, que estava deitado atrás. Quando ele saiu, São Pedro, moído de pancada, esbravejou com Jesus:

— Ô Senhor, eu já apanhei muito. Agora, o Senhor deita atrás, que é pra apanhar um pouquinho também.

Mas Jesus o repreendeu:

— Pedro, Pedro, fique onde você está ou vai se arrepender!

— Arrependo não, Senhor. Já apanhei demais. Agora é a sua vez!

Enquanto isso, outro homem, que passou a perder no jogo, disse ao dono da casa:

— Agora sou eu que estou perdendo, e a culpa é daqueles dois.

O outro sujeito, o mesmo que bateu em São Pedro, recomendou:

— Então você bate no da frente, pois o de trás já apanhou demais!

O jogador entrou no quarto e bateu tanto em São Pedro que ele ficou mole. Jesus, mais uma vez, teve de aguentar a reclamação:

— Ué, Senhor! Não pode uma coisa destas! Por que só eu apanho e o Senhor escapa numa boa?

Jesus lhe respondeu:

— Você está lembrado que eu lhe avisei para não passar para frente? Você passou e pagou por sua teimosia.

Jesuína Pereira Magalhães,
Igaporã, Bahia.

36. A mãe de São Pedro

A mãe de São Pedro foi a mulher mais soberba que já existiu. Tudo o que o filho dizia, ela desdizia. Um dia, o rio botou enchente e ela caiu na água para tentar recuperar uma bacia de roupa. Jesus e São Pedro iam passando nesse momento. Vendo-a em perigo, São Pedro foi ajudá-la. Soberba como era, ela disse que não precisava da ajuda de ninguém.

O tempo passou e a mãe de São Pedro morreu e foi parar no inferno. Lá, num sofrimento de dar dó, ela olhava para o céu e rogava a Maria:

> *Oh! Maria, Oh! Maria,*
> *Ouve a voz de quem te clama;*
> *Oh! que hoje faz três dias*
> *Esta alma nesta chama!*

São Pedro, de lá do céu, implorava a Cristo que ajudasse sua mãe. Mas o Cão, do inferno, respondia:

> *Sai-te, alma evange, Oh! Pedro,*
> *Essa alma não te dou.*
> *Oh! que hoje faz três dias*
> *Que essa alma aqui chegou.*

São Pedro suplicou e Maria intercedeu. Foram verificar se alguma vez na vida ela praticara uma boa ação. Só uma vez, quando lavava uma alface no rio, ela deixou escapar um talo, que a correnteza levou. Ela disse: "Foi Deus que quis" e não se zangou. Então Jesus resolveu tirá-la do inferno e lhe atirou uma corda feita de talo de alface. A mãe de São Pedro segurou a corda, mas outras almas agarraram-na enquanto ela subia. A velha não queria que mais ninguém além dela se salvasse, e tome coice! Mesmo assim, duas almas chegaram ao paraíso com ela.

Quando aquelas almas escapuliram do inferno, o Cão lamentou:

Minha gente, venha ver
Os poderes de Maria:
Estas almas no inferno
E hoje no céu de alegria.

Jesus explicou a São Pedro:

— Essas almas já eram minhas. Só estavam cumprindo pena pelas mentiras e falsos que levantaram.

No entanto, a mãe de São Pedro, assim que entrou no céu, começou a aprontar. Achou de se sentar logo onde! No trono de Cristo. São Pedro, desesperado, pedia:

— Levante daí, minha mãe. Esse é o trono do Cordeiro.

Jesus intervinha:

— Deixe, Pedro. Depois ela levanta.

A velha, porém, não queria deixar mais nenhuma alma entrar no céu. Aí não teve jeito e ela foi expulsa. Não pôde mais entrar no céu, nem no inferno. Ficou no mundo ventando. Dizem que essa ventania braba que tem por aí é a mãe de São Pedro.

Jesuína Pereira Magalhães,
Igaporã, Bahia.

37. O gato preto e a mulher maltratada

Era uma vez um homem que era flandeiro e, por conta do ofício, viajava muito. Certa feita, voltando para casa, encontrou um gatinho preto, bem magrinho, na estrada, apanhou-o e levou-o consigo. Quando chegou, recomendou à mulher:

— Você fica muito sozinha quando eu viajo. Então eu trouxe esse gato pra lhe fazer companhia. Quero *ele* bem gordo.

A mulher recebeu o marido com muita felicidade, como era de costume, pois eles viviam muito bem. Os dias se passaram e o gato magro já estava robusto e com o pelo brilhoso, nem parecia mais o mesmo. O flandeiro tinha muito carinho pelo gato, que acabou com uma praga de ratos que infestava a casa. No dia da viagem, ele recomendou à mulher que tomasse conta do gato e lhe desse comida, pois, se o achasse magro e feio, ela ia se ver com ele. Dizia isso sem intenção de maltratá-la, só para mostrar como o gato era importante para ele.

A mulher aceitou as recomendações de bom grado. Porém, mal o flandeiro saiu, o gato desapareceu; a mulher gritou chamando-o, gritou, gritou que esgoelou, e nada. Ficou aflita. Passou o tempo. No dia do retorno do marido, o gato reapareceu a miar. O flandeiro também chegou em poucos minutos.

— Cadê o bichano? — e o gato danou-se num miado feio, e apareceu ao dono. Quando o homem viu o estado do bicho, magro igual um palito, achou que a mulher tinha feito de pirraça. Perguntou:

— Mulher, você está com o Cão?! Eu mandei você cuidar do gato, e olha a situação do coitado!

A mulher tentou se explicar, disse que ele tinha sumido no mesmo dia em que o marido viajou e só apareceu naquele dia. O flandeiro não lhe deu muita crença. Disse que da próxima vez o couro ia comer se ele chegasse e o gatinho estivesse naquele estado. Os dias se passaram e o gato tornou a ficar bonito e gordo.

No dia de viajar, o homem fez nova recomendação à mulher. No mesmo instante, o gato tornou a desaparecer e a mulher ficou a se lastimar

Quando o homem voltou, que perguntou pelo gato, o bicho apareceu. Magro que estava mesmo! O flandeiro chamou a mulher e indagou do motivo. Ela repetiu a história da primeira vez. Ele, indignado, achando que a mulher estava mentindo, pegou o cipó e bateu nela. Os dias foram correndo, e o gato nem de casa saía, o que deixava o homem ainda mais certo de que sua mulher estava mentindo.

Quando chegava o dia de ele viajar, fazia a mesma recomendação à mulher. Toda vez que o homem voltava, o danado do gato aparecia, e o couro comia. A mulher pediu muito a Nossa Senhora para livrá-la daquele tormento. E não é que numa dessas viagens, o marido esqueceu umas coisas em casa e precisou voltar para pegar. No caminho, passou debaixo de uma gameleira. Como o sol estava se pondo, e era perigoso prosseguir viagem, ele resolveu pousar ali. Era uma quinta-feira. Do nada ele começou a ouvir passos e vozes, e, depressa, subiu na gameleira e ficou quieto. Justo naquele local foi chegando um monte de capeta, cada um mais feio que o outro! Quando chegou o último, que era o mais feio e o maior de todos, os *bichos ruins* começaram a cantar:

— *Oi, quarta; oi, quinta; oi, sexta.*
Sá Dominga do cachimbo,
Sá Dominga do cachimbo!

Depois, o bicho maior abriu um livrão e começou a fazer a chamada dos capetas e perguntar sobre os *serviços* prestados:
— E você, capeta tal, o que tem feito?
— Eu, meu rei, fui num curral, abri a porteira de um fazendeiro que só vive rezando e soltei o gado dele tudo!
— Besteira! Você acha que fez muita coisa! Não prejudicou o cabra em nada. É só ele convocar os vaqueiros e trazer o gado de volta. Vai receber cinquenta chicotadas para aprender a ser ruim! Capeta tal, o que você tem feito?
— Eu entrei na pele dum homem cachaceiro e fiz *ele* brigar com todo o povo da festa.
— Palhaçada! Não vejo novidade nenhuma em briga de festa! Cem chibatadas pra aprender a fazer coisa que presta!
O capeta-chefe continuou questionando os demais, e o flandeiro em cima da gameleira, tremendo todo, ouvia tudo.
No final, o chefão perguntou a um capeta:

— E você, capiroto?

— Eu, há uns meses, me disfarcei de gato abandonado, e um flandeiro, que mora aqui perto, me encontrou e levou pra casa onde mora com a esposa. Só ela é quem reza na casa, e os dois viviam num amor de dar inveja. Aí eu agradei tanto o flandeiro que ele disse pra mulher que, quando retornasse, queria me ver bonito e gordo, senão ela ia apanhar. Assim que ele pega a estrada eu desapareço e só volto quando ele chega. Apareço magro, triste e feio. Ele vira um bicho e desce o cipó na mulher; já está pra matar a coitada de tanto bater.

O chefe, quando ouviu aquilo, bateu palmas e achou boa a proeza do capiroto. Quando terminou a sessão, os capetas cantaram:

— *Oi, quarta; oi, quinta; oi, sexta.*
Sá Dominga do cachimbo,
Sá Dominga do cachimbo!

O galo cantou e os demônios evaporaram.

O pobre do flandeiro estava apavorado. Esperou o dia amanhecer e, em vez de ir para casa, continuou a viagem. No dia do seu retorno, o gato apareceu mais cedo, e a mulher já começou a rezar pela misericórdia de Deus. Quando o flandeiro chegou, fez o que era de costume:

— Mulher, cadê o bichano?

O gato reapareceu miando, mais magro que das outras vezes. O homem perguntou o motivo de ele estar naquele estado, e a mulher respondeu a mesma coisa. O flandeiro fechou a porta, pegou o gato, jogou num saco e lascou o porrete; batia e dizia:

— O capeta que lhe trouxe que lhe carregue! — e tome cacete no bicho, que deu um estouro e sumiu. O cheiro de enxofre tomou conta da casa.

O marido, arrependido, pediu perdão à mulher e nunca mais duvidou dela.

Maria Magalhães Borges (1926-2004),
Serra do Ramalho, Bahia.

38. Os dois lavradores

Uma vez, Jesus e São Pedro chegaram num roçado onde um homem plantava uma roça. Jesus cumprimentou-o dizendo:
— Plantando, não é, amigo?
O homem respondeu:
— Estou, porque as nuvens estão bonitas e parece que vai chover. Com fé em Deus, a colheita vai ser boa.
Eles seguiram, montados no seu jumentinho, e, mais adiante, viram outro homem plantando as mesmas variedades. Jesus cumprimentou-o dizendo:
— Plantando, não é, amigo?
— É — respondeu o homem — porque a Lua está muito bonita; é sinal que vai ser um ano bom de chuva.
Passado um tempo, os dois fizeram a mesma travessia. Na primeira roça, tudo o que o homem plantou produziu: milho, feijão, mandioca e muitos outros mantimentos. Já a roça do segundo, do jeito que Jesus deixou ela estava: nem mato produziu lá! O lavrador, vendo-O se aproximar, exclamou:
— Lá vem o homem do jumento!
Chegando perto, Jesus lhe perguntou:
— O que houve, amigo? A Lua não ajudou, não?
O homem respondeu:
— Alumiar ela alumiou bem, mas não fez nascer nada.
Jesus, então, completou:
— Isso é pra você aprender e saber que há Deus no mundo!

Jesuína Pereira Magalhães,
Igaporã, Bahia.

39. História do teimoso

A teimosia é um defeito terrível. Há muito tempo, viveu um lavrador que era mais teimoso que a mulher do piolho! Depois de colher uma boa safra, ele precisava ir a Bom Jesus da Lapa para vender na feira. Um compadre seu, devoto do Bom Jesus, foi visitá-lo; a conversa girou em torno da lavoura e do bom tempo. Por fim, o lavrador disse ao compadre:

— Amanhã eu vou a Lapa vender umas coisas na feira e fazer a despesa do mês!

O outro, que era muito devoto, alertou:

— Compadre, tem que falar assim: "se o Bom Jesus quiser, eu vou!".

O lavrador respondeu:

— Se Ele quiser, eu vou. E, se não quiser, vou do mesmo jeito!

O compadre saiu e o lavrador, como castigo, virou um sapo e ficou coaxando na lagoa por três meses. Quando o encanto passou, o homem achou-se precisado de ir a Lapa e, em conversa com o compadre, falou da sua intenção.

O compadre novamente o advertiu:

— Compadre, compadre, fala: "se o Bom Jesus quiser!". Já se esqueceu do que lhe aconteceu?

O homem respondeu:

— Esqueci não, compadre... Mas, eu vou, Ele querendo ou não. E, se não quiser, a lagoa é logo ali!

Lucélia Borges Pardim, *São Paulo (SP),*
Procedência: Serra do Ramalho, Bahia.

40. São Longuinho

Longuinho foi um soldado que viveu na época em que o rei Herodes procurava o Menino Jesus para matar. Ele era o chefe dos soldados do rei. Quando São José conduzia o jumentinho com a Virgem e o Menino, em direção ao Egito, os soldados tinham ordem para não deixar passar ninguém, mas Longuinho não obstou a passagem da Sagrada Família. Os soldados voltaram e disseram ao rei que as suas ordens foram descumpridas, e o malvado ficou tão furioso que mandou furar os dois olhos de Longuinho.

Passado muito tempo, o cego Longuinho se misturava a uma multidão aglomerada em frente a uma igreja onde um padre celebrava uma missa. Pelo povo o cego soube que havia um curador fazendo milagres. Alguém lhe sugeriu que pedisse uma esmola[11] ao homem, que não era outro senão Nosso Senhor Jesus Cristo.

— Eu, não! Foi por causa dele que perdi a minha vista! — e pediu a um soldado que o conduzisse para perto do tal curador para cravar uma lança no peito dele. Seguindo a indicação, ele cravou a lança no peito de Cristo. Quando bateu a lança, esguichou sangue nos olhos vazados de Longuinho e ele voltou a enxergar. Jesus perguntou o que ele queria, ao que Longuinho respondeu:

— Quero força suficiente para derrubar uma casa ou uma árvore.

Jesus pediu ao povo que saísse da igreja e Longuinho, com dois balançados, a pôs no chão. Depois, Jesus pediu a Longuinho que sacudisse os escombros. Ele sacudiu e a igreja tornou a se levantar. Longuinho, a partir desse dia, tornou-se São Longuinho, e o povo, maravilhado, testemunhou o poder de Cristo, o Governador do mundo.

Jesuína Pereira Magalhães,
Igaporã, Bahia.

---

11. *Esmola*, no texto, tem o mesmo sentido de *cura*.

Contos
novelescos

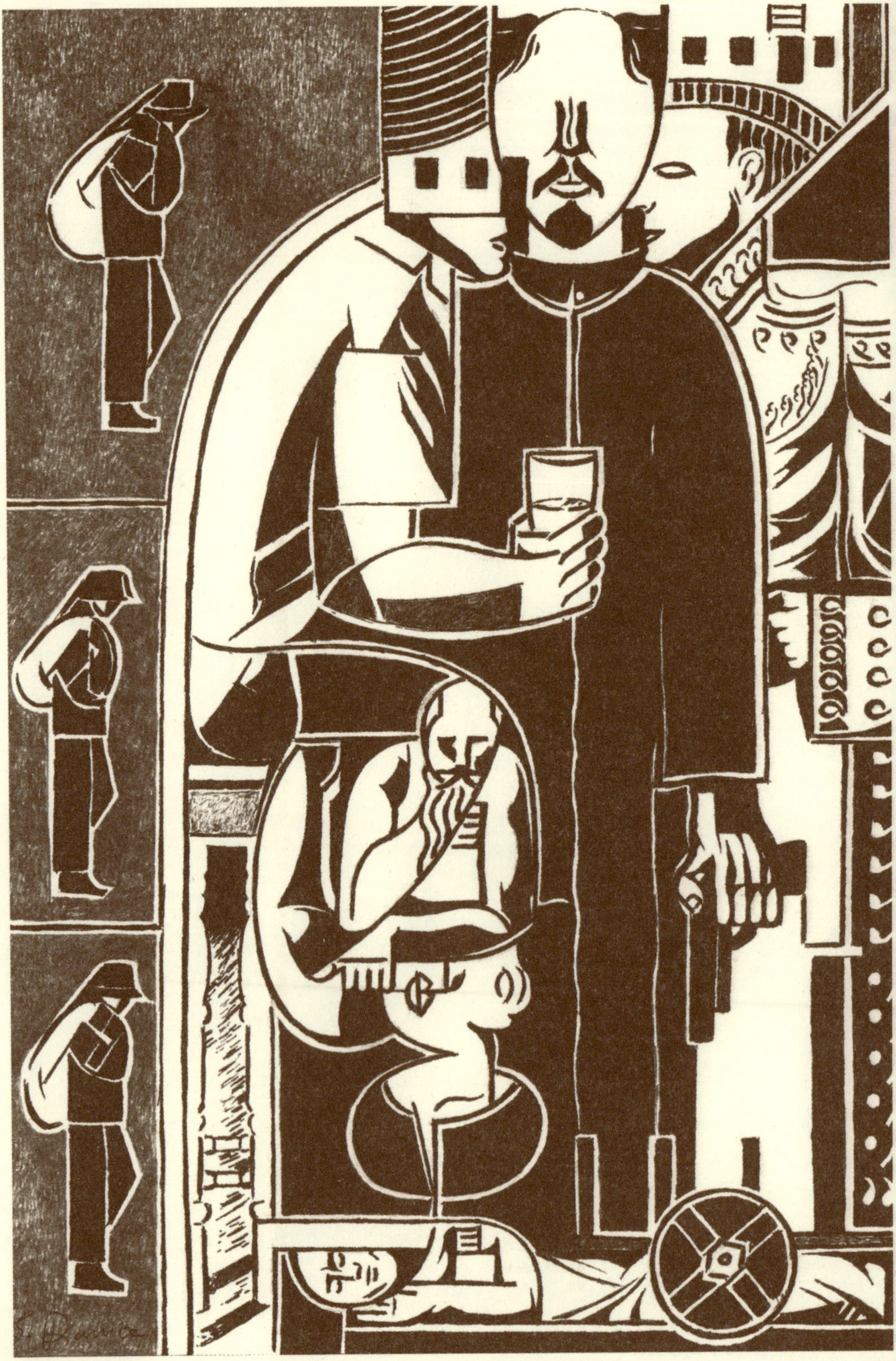

Abrimos a série que reúne os contos novelescos (*realistic tales*, *novelles*, no catálogo ATU) com uma facécia de Bertoldo, pícaro italiano, parente de nosso Pedro Malazarte, presepeiro célebre, cujas façanhas se misturam às de outros anti-heróis, como Camões (*Camonge*) e Bocage (*Bocais*). Paulo Nunes Batista é autor de uma interessante versão em cordel, *As astúcias de Bertoldo*, que narra os embates deste com o rei Albuíno. *Bertoldo e o rei*, o nosso exemplar, retrata o duelo da inteligência com o poder constituído. Silvano Peloso, em *O canto e a memória*, cita o poeta italiano Giulio Cesare Croce, que, quatro séculos atrás, celebrava em folhas volantes, vendidas nas ruas de Bolonha, as façanhas de Bertoldo, o mesmo burlão desapiedado acolhido pela tradição oral brasileira.

Camões e Bocage, como vimos, também ressurgem nos contos populares, metidos na roupa do anti-herói, com a mesma disposição em enganar e punir os poderosos. *Camões e os bois do rei* segue o esquema do conto protagonizado por Bertoldo.[12] João da Silva Campos recolheu, no Recôncavo Baiano, *A onça, a raposa e o macaco*, no qual a querela gira em torno da posse de um ovo. A raposa, proprietária da galinha, afirma-se dona do ovo. A onça, dona do galo, argumenta ter este posto o ovo. Interrogados, alguns animais, com medo da onça, dão razão a esta. Quando o macaco é inquirido, escusa-se de responder, afirmando que irá ajudar seu pai a parir. Como a onça questiona, o macaco aplica-lhe o xeque-mate: "e tu já viste galo pôr?"[13]

Já *Toco Preto e Melancia* pertence à categoria dos contos que o folclorista alagoano Théo Brandão assegurava ser de indiscutível origem brasileira. Além das versões de Sílvio Romero, *Melancia e Coco Mole*, e de Simões Lopes Neto, *Melancia-Coco Verde*, Brandão analisa dois romances de cordel[14] e exemplares divulgados em outras coletâneas, como a *História de um moço pobre*, de Aluísio de Almeida.[15] Após discriminar os motivos

---

12. Ver notas do Prof. Paulo Correia, p. 208

13. *O folclore no Brasil*, p. 194.

14. *Coco Verde e Melancia* ou *Armando e Rosa*, na versão original de José Camelo de Melo Resende e na recriação de Manoel Pereira Sobrinho.

15. Recolhida em Itu e publicada em *142 histórias brasileiras*, 1947.

recorrentes nas muitas variantes a que teve acesso, o Dr. Théo sentencia: "Eis aí, cremos, até prova e documentação em contrário, um conto brasileiro, portanto. Um conto brasileiro na sua origem, nos seus motivos e tipos, no reflexo que nele se encontra do ambiente social, ecológico, folclórico; talvez — quem sabe — a única estória realmente brasileira que se possa demonstrar em nosso folclore, esse conto de *Coco Verde, Melancia...*"[16]

Embora dispusesse de farta documentação, reproduzida no ensaio *Seis contos populares do Brasil*, Théo Brandão incide em equívoco quando, para ratificar a origem brasileira deste conto novelesco, aponta os motivos e tipos recorrentes. Sua análise estrutural do conto, muito bem fundamentada e apoiada na *Morfologia* de Propp, não lhe permitiu enxergar similaridades entre *Coco Verde e Melancia* e o romance da *Bela Infanta*, sem o motivo inicial do namoro proibido. No romance, há a partida forçada do marido em decorrência de uma guerra, como na *Odisseia*, e o retorno deste, tempos depois, quando se dá a conhecer à esposa por meio de senhas. O personagem intermediário — no conto nº 43 um empregado de Toco Preto — parece ser, na refabulação nacional, uma encarnação do herói disfarçado, voltando do exílio, a exemplo de Ulisses, coberto de andrajos e sofrendo insultos de toda ordem dos pretendentes à mão de Penélope. Em *Ingrata e Gemido*,[17] dos *Contos folclóricos brasileiros*, a heroína, para evitar o casamento imposto pelo pai, finge-se de muda (a falsa morta, do ATU 885). Evidente atualização do motivo da mortalha de Laerte.[18]

Paulo Correia[19] vislumbra uma origem chinesa e indica sua presença no *Decameron*, de Boccaccio (X 4), fornecendo a prova em contrário exigida por Théo Brandão.

Os três conselhos sagrados é a mesma história que Sílvio Romero coligiu em Sergipe. O nosso exemplar assumiu ares de história real ao ser deslocado para o contexto da migração nordestina para o Centro-Sul, em especial para São Paulo. O conto em questão rompe em parte com a tradição fatalista, pois condiciona a felicidade ou o infortúnio às escolhas

---

16. *Seis contos populares do Brasil*, p. 102.

17. HAURÉLIO, Marco, op. cit., págs. 88-90.

18. Durante a ausência de Ulisses, Penélope prometeu que escolheria um dentre os vários pretendentes à sua mão e ao trono de Ítaca quando terminasse de tecer a mortalha de seu sogro, Laerte. Todo o trabalho feito durante o dia era desfeito à noite, estratagema que fez com que sua decisão fosse sempre adiada.

19. V. nota e classificação do conto, p. 208.

do protagonista. Com rara felicidade, Manoel D'Almeida Filho recriou em um romance de cordel, *Os três conselhos da sorte*, a primeira parte do conto. O longo percurso feito a pé, da Bahia a São Paulo, pelo protagonista, resume a trajetória de muitos *sampauleiros*, como eram chamados, no alto sertão, os paus de arara. Teófilo Braga divulgou uma versão colhida no Porto. Gonçalo Fernandes Trancoso deu redação literária ao conto *Os três conselhos*, de 1575, na obra basilar *Contos e histórias de proveito e exemplo*.

Os Irmãos Grimm forneceram aos estudiosos o conto-tipo mais completo com o tema natureza denunciante: *A luz do sol o revelará* (*Die klare Sonne bringt's an den Tag*): um alfaiate faminto ameaça de morte um judeu para roubá-lo, embora este o tenha alertado que só levava oito centavos. Antes de ser morto, o judeu invoca a única testemunha possível: a luz do sol. Tempos depois, já com família constituída, o assassino vê a luz do sol formar vários círculos no pires de café que tinha às mãos. Inadvertidamente, relembra o episódio e, instado pela mulher, acaba confessando. A indiscrição da comadre, confidente de sua esposa, levará ao tribunal e depois à execução o assassino. No nosso conto, *O testemunho das gotas de chuva*, há uma espantosa similaridade, embora a revelação se dê por outras vias, conforme está salientado no título.

No romance de cordel *O cachorro dos mortos*, o grande poeta Leandro Gomes de Barros evoca o poder denunciante da natureza, que não deixa impunes os assassinos que profanam, com o sangue inocente, os seus antigos domínios de deusa. Apunhalada por Valdivino, de quem rejeitara uma proposta de casamento, numa tocaia em que viu, antes, morrerem seus dois irmãos, a jovem Angelita, agonizando, invoca as duas testemunhas do hediondo crime de que fora vítima: uma gameleira e uma flor. A outra testemunha é o cachorro Calar:

> *Olhou para o gameleiro*
> *Que tinha junto à estrada*
> *Dizendo: Tu gameleiro*
> *Viste esta cena passada?*
> *És uma das testemunhas*
> *Quando a hora for chegada.*
>
> (...)

E essa flor que por ela
Há festa aqui todo ano
Há de tirar a justiça
De uma suspeita ou engano
Dirá ao juiz: Venha ver
Quem matou o Floriano!

Uma história do sexto século antes de Cristo, conservada pela memória popular, parece ser o antecedente mítico deste tema. O poeta Íbicus, natural de Régio, Magna Grécia, arrastado até uma ilha deserta por salteadores que desejavam roubá-lo, é inapelavelmente morto. Antes de expirar, suplica a uns grous que sobrevoavam a ilha que servissem de testemunha de seu martírio. Anos mais tarde, os assassinos do bardo, num anfiteatro de Corinto, ao verem os mesmos pássaros sobrevoando o local, dizem em tom de chiste: "Lá vão as testemunhas e vingadoras de Íbicus". Os circunstantes ouvem a pilhéria e associam-na ao desaparecimento do poeta. Denunciados, os assassinos são presos, julgados e executados.[20] Câmara Cascudo registrou, com enredo semelhante, *As testemunhas de Valdivino*. Testemunhas estas já abrasileiradas na forma de garças.

Entre os bantos, na África, conta-se a história *A pena de garça real*, da qual damos este resumo: dois viandantes seguiam por uma estrada. Um usava como adorno uma pena de garça real; o outro, uma pena de gralha. Mesmo que trocassem o enfeite, um dos jovens era sempre preterido pelas mulheres. Tomado pela inveja, ele mata o companheiro e o enterra num tremedal. Uma ave denuncia o crime. Não fica explícita de que ave se trata, mas a denúncia deve ter-se dado na língua bantu por aproximação onomatopaica da "voz" da ave com a frase proferida: "Enterrado está ele num tremedal".[21]

Dentre as pedras preciosas do nosso garimpo, destaca-se a descoberta de *O Urubu-Rei*, a versão baiana do "tão popular e vasto ciclo do Rei Lear".[22] A exuberante tragédia de Shakespeare já aparecera na *Historia regnum britanniae*, de Geoffrey de Monmouth e nas *Gesta romanorum*. O

---

20. Veja-se CASCUDO, Luís da Câmara. *Os grous de Íbicus voam em português*. In: *Superstição no Brasil*, p. 189.

21. Veja-se *A pena de garça real*, p. 227-8. Introdução, tradução e notas de Nair Lacerda. In: *Maravilhas do conto popular*. São Paulo: Cultrix, 1959.

22. CASCUDO, Luís da Câmara. Nota do conto *O rei Andrada*, colhido por Sílvio Romero, op. cit., em Sergipe.

nosso conto traz um príncipe enfeitiçado numa ave de rapina das regiões tropicais, o urubu-rei (*Sarcoramphus papa*), que vem a ser o salvador da heroína, expulsa e condenada à morte pelo pai por demonstrar sinceridade no relato de um sonho. A versão portuguesa de Ataíde Oliveira, *A princesa imperatriz*, contém o episódio do sonho, que o rei julgou desrespeitoso, seguido da sentença de morte da princesa. Teófilo Braga, divulgou *O sal e a água*, que apresenta, sem os elementos maravilhosos, a história narrada pelo índio pataxó Arnaldo, cujo "primeiro esboço" foi apontado por Angelo de Gubernatis nas lendas indianas de Dirghatamas e Yafti, do venerando *Mahabaratha*.[23]

---

23. BRAGA, Teófilo, op. cit., p. 88.

41. Bertoldo e o rei

Bertoldo era um sujeito muito esperto. Tão esperto que o rei vivia tentando derrotá-lo, mas sempre quebrava a cara. Tudo o que ele perguntava, o outro respondia. Tudo que o rei lhe mandava fazer, ele fazia. Só que Bertoldo tinha um defeito. E quem não tem? O defeito de Bertoldo era gostar de uma cachacinha.

Um dia, sem um tostão no bolso, Bertoldo entrou numa bodega e deu de cara com o rei emborcando um copo de aguardente. Foi lá e pediu:

— Seu rei, paga uma *meota* pra mim.

— Pago. Agora vai ter que realizar um mandado meu em paga da *meota*.

E o rei mandou o dono da bodega encher o copo de Bertoldo. Quando bebeu, foi que ele soube qual era o mandado do rei. Arrependeu-se, mas já era tarde.

— Amanhã você vai me construir uma casa.

— Isso é fácil — disse Bertoldo.

— Mas a casa que eu quero começa no alto e acaba no baixo. O chão é a cumeeira e a cumeeira é o chão.

— Mas não tem cristão no mundo que seja capaz de fazer uma casa dessa!

— Não sei de nada. Prometeu tem que cumprir. Ou vai pra forca! Amanhã, ao meio-dia, quero ver a casa pronta.

Bertoldo ficou agoniado. Mas fazer o quê? Palavra de rei não torna. No outro dia, foi bem cedo ao local combinado, mas, quando tentava pôr uma pedra no ar, ela caía. Até que ele teve um estalo de sabedoria, sentou-se e esperou pelo rei. Não tardou e este chegou com os soldados, o carrasco e as testemunhas.

— Cadê a casa que você prometeu fazer, Bertoldo?

— Fiz não, seu rei.

— Pois vai pra forca! Trouxe até as testemunhas pra não dizerem por aí que agi errado.

Bertoldo então se levantou, fez uma expressão séria, e falou:

— Eu queria começar a obra, mas não tinha como. Faltou o material, e todos sabem que o fornecedor é o patrão. Só que tem mais uma coisa: é pra pôr o material lá em cima! — e apontou para o céu.

O rei, com aquilo, ficou aperreado:

— Mas não tem quem possa pôr nada no ar, sem cair!

— Então não tem também quem possa fazer uma casa de cima pra baixo!

As testemunhas deram razão a Bertoldo, e o rei, derrotado, ficou mordido de raiva.

Edvagno Jorge Cardoso,
Caetité, Bahia.

42. Camões e os bois do rei

Camões fez uma aposta com o rei. Se este perdesse, pagaria com um tesouro. Se Camões perdesse, seria enforcado. O rei chamou-o e disse-lhe:
— Amanhã é para você vir tirar leite desses bois que estão no curral!
Camões, mesmo preocupado, concordou. Afinal, não era de enjeitar parada. Foi para casa pensando num modo de escapar daquela *armada*. No outro dia, fez-se de esquecido e, quando chegou ao palácio, havia passado, e muito, da hora combinada. O rei, brabo, já foi interrogando:
— Onde você estava, Camões? Esqueceu o nosso trato? Agora vai ser enforcado!
— Calma, seu rei. Deixe-me explicar. Eu vinha cedo, mas, justo hoje, meu vaqueiro achou de dar cria! Fui amparar o menino e lavar os panos.
— Endoidou, Camões? Em que terra se viu vaqueiro parir?
— Na mesma terra em que boi dá leite!
E o rei perdeu a aposta.

Guilherme Pereira da Silva,
Serra do Ramalho, Bahia.

43. Toco Preto e Melancia

Era uma vez um homem que vivia com a mulher e as filhas. Uma de suas filhas se apaixonou por um rapaz que morava nas redondezas. Pelo fato de o moço ser tropeiro, o pai dela não permitia o casamento, alegando que ele viajava muito e não parava em casa. Ela respondeu que ele viajava para ganhar a vida, mas que se tratava de um bom rapaz. Como não adiantava reclamar, a moça e o rapaz começaram a namorar escondido. Um dia, combinaram um encontro na roça de mandioca do pai dela, onde tinha um toco preto no lugar de uma árvore queimada. Ele propôs:

— Nós vamos nos encontrar toda semana no dia *tal*.

E assim foi feito: eles se encontravam para conversar sem o pai da moça saber. De noite, ela dizia que ia à casa da vizinha e, desviando-se do caminho, saía ao encontro do namorado. O rapaz, então, fez essa combinação:

— Vamos nos tratar por outros nomes: você me chama de *Toco Preto* e eu a chamo de *Melancia*. Assim ninguém vai desconfiar.

O casal continuava a se encontrar nos dias marcados. Mas, depois do último encontro, ele ficou um ano sem vir, viajando com sua tropa. Nesse espaço de tempo, apareceu um moço chamado Antônio de Zé Moreira que queria casar com ela. A moça disse aos pais:

— Ele é muito bom, mas não para casar comigo. — Porém, depois de muita pressão do pai, além de que já fazia um ano que não via mais o seu amado, resolveu aceitar o casamento, que foi marcado para o mesmo dia em que se davam os encontros.

Quando Toco Preto retornou da viagem, que ficou sabendo do casamento de sua amada, não se deixou abater pela tristeza. E, chamando um empregado de confiança, disse-lhe:

— Vá *na* casa da moça que está se casando e faça tudo o que eu mandar — e passou todas as informações.

A festa rolava solta com os noivos e os convidados no salão. Naquilo, chegou um homem e começou a jogar uns versos que diziam:

> *Lá na serra da Taquara*
> *desceu hoje um cachorrinho*
> *tomando sol pela testa*
> *e vento pelos ouvidos.*
> *Lá no toco preto, ingrata,*
> *eu deixei o seu gemido.*

O homem continuava a dançar e a cantar:
— Samba pra trás, rapaziada! Samba pra trás, rapaziada!
E prosseguia jogando os versos. Mas Melancia só ouvia, sem desconfiar do que se tratava.

> *Oh! que moça tão bonita,*
> *tão custosa a desconfiar.*
> *Minhas **avistas**, Melancia.*
> *Toco Preto está no lugar!*

Bastou ele cantar estes versos para ela entender tudo. Pediu licença à madrinha, dizendo que ia se deitar um pouquinho para descansar. Depois chamou uma empregada que lavava a louça e disse:
— Ana, pegue uma lata, coloque uma galinha cheia e um lombo com farofa, feche-a, ponha numa sacola e traga para mim, rápido!
As outras empregadas pensaram que o que estava na sacola era presente para alguém na festa. Com toda cautela, Melancia saiu pelos fundos com a empregada Ana. Na estrada para a roça, tinha uma porteira. Ana segurou-lhe o vestido para não se sujar e as duas seguiram viagem. Quando elas chegaram *na* roça de mandioca, no toco onde se davam os encontros, o rapaz que jogou os versos já as esperava. Toco Preto ordenou ao empregado que pegasse os cavalos, que já estavam arreados. Montaram rapidamente e tocaram viagem para a terra de Toco Preto.
Na festa, quando deram por falta da empregada, a mãe perguntou à madrinha:
— Cadê Ana?
— Está na cozinha lavando louça!
— E minha filha?
— Ah, ela foi se deitar um pouco porque estava cansada, mas já faz um bocadinho.

A mãe resolveu, então, ir ao quarto procurar a filha, mas não a encontrou. Na cozinha, soube que ela e Ana saíram com uma sacola, e que já fazia um tempinho.

Assim, Melancia fugiu para casar com Toco Preto, seu amado, e deixou noivo, festa e todos para trás. Tempos depois, se reconciliou com o pai, que percebeu que estava errado e abençoou a união da filha com Toco Preto.

Maria Rosa Fróes,
Brumado, Bahia.

44. Os três conselhos sagrados

Antigamente, o pobre ia para São Paulo a pé. Um homem desse tempo, depois de perder toda a lavoura, resolveu sair de casa em busca de recurso para a sua família. Deixou para trás a mulher e um filho de um ano. Chegando a São Paulo, achou colocação numa fazenda. Durante dez anos ele mandou dinheiro para a família, mas depois desse período, não recebeu mais um tostão de pagamento. Passados muitos anos, procurou o patrão, dizendo-se insatisfeito:

— Ô meu patrão, há trinta anos que trabalho com o senhor e só recebi pagamento nos dez primeiros. Por conta disso, nunca mais pude mandar nada para minha família. Então peço que acerte comigo para que eu possa voltar para junto dos meus.

Aí o patrão respondeu:

— É justo. Vinte anos de bons serviços devem ser bem recompensados. Eu separei bastante dinheiro para o seu pagamento. Mas, antes, uma pergunta: você quer bons conselhos e pouco dinheiro ou muito dinheiro e maus conselhos?

O coitado já ia responder que queria "muito dinheiro", mas pensou que naquilo que o patrão falava havia um mistério. Ponderou e respondeu:

— Eu quero pouco dinheiro e bons conselhos.

O patrão, então, deu estes três conselhos para o homem:

— Preste bem atenção. Os conselhos são estes: quando estiver voltando para casa, nunca deixe o *arrodeio* pelo atalho; não aceite, de jeito nenhum, pousada em casa de homem velho casado com mulher nova; e, por último, quando olhar uma coisa, nunca aceite a primeira impressão. Olhe pelo menos mais duas vezes.

Assim que terminou de falar, pegou um pão e deu ao velho empregado, recomendando-lhe a parti-lo somente quando estivesse em casa com a família. O homem pegou as tralhas, enrolou o pão nuns molambos e seguiu viagem. No caminho de volta, encontrou três homens que iam para o mesmo lugar que ele. Depois de saberem qual o destino do velho, os três disseram:

— Por ali é bem mais perto — e apontaram o atalho.

O velho ainda fez menção de ir com eles, mas veio à sua mente o primeiro conselho do patrão e ele dispensou-os, dizendo que por onde planejava ir era mais seguro. Depois de alguns minutos ouviu três estampidos: os viajantes terminaram sendo mortos por ladrões. O velho, aliviado por ter escapado da tocaia, seguiu em frente.

Uma noite, num lugar meio ermo, e estando muito enfadado, o velho resolveu pedir *arrancho* numa casinha. Quando bateu à porta, saiu uma mocinha muito bonita, que o convidou a entrar. Dentro, viu, sentado numa cadeira, um velho de uns setenta anos. Ele pediu pouso e a moça lhe indicou um quartinho do fundo. Foi quando se lembrou do segundo conselho e, disfarçadamente, disse ao velho que preferia dormir lá fora, caso ele não se importasse. O dono da casa ainda tentou convencê-lo a aceitar sua hospitalidade, mas ele recusou com uma desculpa qualquer.

Do lado do oitão havia um carro de boi coberto com uma lona. O viajante enfiou toda a bagagem lá embaixo, forrou o chão e, após uma breve refeição, foi dormir, despreocupado. Alta madrugada ele foi despertado por barulho de passos. Pensou que fosse um ladrão, mas, surpreendentemente, quem estava ali era um padre que tinha relação com a mocinha da casa. Naquele exato momento ela instruía o padre num plano para dar fim no seu marido:

— Eu vou acordá-lo para rachar lenha e, enquanto eu seguro o candeeiro, você dispara um tiro no peito dele. Não tem como errar. Hoje em casa tem um peregrino hospedado e, quando a polícia vier, eu digo que foi ele o assassino.

O viajante, a par do plano dos dois, apanhou uma tesourinha bem amolada e cortou um pedaço da batina do padre, que estava sentado no carro de boi, sem imaginar que ali havia uma testemunha para o odioso crime que iria cometer. Conforme foi combinado, a moça acordou o marido, que, inocente, apanhou o machado e foi na direção das toras de lenha. Ela, com o candeeiro, indicou o lugar, e o padre, que era bom de mira, com um único disparo, matou o pobrezinho.

No outro dia, cedo, o viajante, ainda horrorizado com tamanha barbaridade, pensou em fugir para evitar complicações. Mas, ponderando, chegou à conclusão de que ele nada devia e, portanto, nada tinha a temer. Com pouco, chegou a mulher do falecido, que o acusou de ser o assassino e depois foi à cidade buscar os policiais. O viajante estava comendo, quando dois policiais chegaram dizendo que ele havia matado o velho e, por causa disso, ia morrer também.

Não adiantou nada o pobre dizer que era inocente, pois eles estavam dispostos a enforcá-lo. Depois de muito pensar, ele reconheceu que de fato era o autor daquele crime, mas, como todo condenado, tinha direito a um último pedido. Quando os policiais perguntaram qual era o pedido, o velho respondeu:

— Tragam aqui o padre, que eu quero ser ouvido em confissão. Quem sabe assim Deus resolva perdoar os meus pecados.

Um dos policiais foi buscar o padre, enquanto o outro ficava vigiando o velho. Quem não estava gostando nada do rumo da história era a dona da casa, que achava que se livraria fácil do viajante. Quando o policial chegou com o padre, o lugar já estava cheio de gente, pois a notícia tinha se espalhado. Vendo o homem tão tranquilo, o padre perguntou:

— Por que você matou aquele inocente, que só lhe fez o bem?

Ele, sem pestanejar, respondeu:

— Quem matou o velhinho não fui eu; foi o senhor, padre-mestre!

Imaginem o alvoroço e a revolta do povo quando o desconhecido acusou o padre. Ele, com toda calma, apanhou um pedaço de tecido que tinha guardado na algibeira e, encarando o padre, perguntou:

— Onde está o pedaço que falta na sua batina, padre-mestre?

O padre, já gaguejando, deu uma desculpa qualquer, mas o homem, mostrando o pedaço de tecido a todos, continuou com as perguntas:

— Será este o pedaço que falta na batina? — e contou detalhadamente a história aos policiais, que levaram presos o padre e a sua amante.

Depois de inocentado, ele percebeu que só escapou da cilada do destino graças ao segundo conselho do patrão. Aliviado, retomou o caminho de volta, só parando para comer e dormir. Nesse rojão, chegou rapidamente à sua terra. Rompeu para casa, mas não quis entrar, nem se dar a conhecer, pois, da janela aberta, viu que havia outro padre jantando, e era a sua mulher que o servia. Como ele estava ressabiado, sem medir as consequências, sacou um revólver da cinta e apontou-o na direção do dito moço. Nesse instante veio-lhe à mente o terceiro conselho e ele resolveu esperar mais um pouco. Aí ouviu o padre dizer:

— Ô mãe, traga o doce de leite, pois eu já jantei.

Por ter tido paciência, o homem acabou descobrindo que o padre era o filho que ele deixara com apenas um ano de idade. Então bateu à porta e, quando o rapaz atendeu, pensou que se tratava de algum viajante pedindo pousada. Chamou a mãe, que ordenou ao filho que o encaminhasse para um cômodo nos fundos da casa. O velho não se conteve mais e deu-se a conhecer aos dois.

    Nem é preciso descrever a felicidade daquela família. Depois da janta, o velho contou em detalhes a sua história e todos os apuros por que passara na viagem. Aí abriu o matulão e pegou o pão que o patrão lhe dera, recomendando que só o partisse quando estivesse no meio da família. E quando partiu o pão, caiu de dentro um saquinho cheio de moedas de ouro, que garantiu a tranquilidade daquela família para o resto da vida.

Maria Rosa Fróes,
Brumado, Bahia.

45. O Urubu-Rei

Naquele tempo, havia um rei que tinha cinco filhas, todas moças. Todos os dias elas tinham que contar a ele com o que sonhavam durante a noite. Certo dia, o rei indagou as filhas sobre o que sonharam. Cada uma narrou o seu sonho, o que agradou ao pai. Quando chegou a vez da caçula, ela disse ao rei:

— Meu pai, eu sonhei que o senhor beijava os meus pés!

O rei, de imediato, se aborreceu com o sonho da filha. Sem pensar em mais nada, chamou seus jagunços e ordenou que pegassem a princesa, levassem-na para uma brenha e, lá mesmo, dessem fim nela. Os capangas do rei pegaram a princesa à força e seguiram para a mata. Lá chegando, um disse:

— Faz dó matar uma princesa tão bonita assim! Vamos amarrá-la num cipó na árvore mais alta e deixá-la para morrer de fome e sede, ou devorada pelas feras.

Assim fizeram: amarraram-na na copa de uma árvore bem alta, e foram embora, deixando-a pra morrer. Quando a princesa já estava com sede e fome, apareceu um Urubu-Rei enorme, peneirando sobre a árvore e cantando para ela:

— *Moça, moça,*
Vam'bora pra minha terra, moça.
Minha terra é terra rica
E tem muito dinheiro!...

Ela respondeu:

— *Urubu fede catinga!*

Na mesma hora, o Urubu-Rei bateu as asas e foi-se embora, deixando-a. Embaixo, a *catituzada* já roía o pau para poder comê-la: era fera demais querendo devorá-la, mas por causa do encanto do Urubu-Rei a árvore balançava, mas não caía. Passados três dias, quando ela já não se aguentava mais de fome e de sede, o Urubu-Rei chegou cantando:

> — *Moça, moça,*
> *Vam'bora pra minha terra, moça.*
> *Minha terra é terra rica*
> *E tem muito dinheiro!...*

Ela respondeu:

> — *Urubu fede catinga!*

O Urubu foi-se embora. Passaram-se mais três dias, e o Urubu retornou. A princesa já não aguentava mais tanto sofrimento, medo, fome e sede. Quando o Urubu cantou a cantiga:

> — *Moça, moça,*
> *Vam'bora pra minha terra, moça*
> *Minha terra é terra rica*
> *E tem muito dinheiro!...*

Ela respondeu:

> — *Urubu, sua catinga cheira!*

O Urubu não se deu por satisfeito e cantou:

> — *Urubu fede catinga!*

Bateu as asas e foi-se embora, deixando-a no desespero, com aquele monte de feras embaixo. Ela implorou a Deus para que o Urubu voltasse para salvá-la e ele retornou cantando:

> — *Moça, moça,*
> *Vam'bora pra minha terra, moça.*
> *Minha terra é terra rica*
> *E tem muito dinheiro!...*

Ela respondeu:

— *Urubu, sua catinga cheira!*

E o Urubu fez pouco do elogio:

— *Urubu fede catinga!*

A princesa insistia que a catinga dele cheirava, mas o Urubu não se esquecera de que ela fizera pouco dele e, batendo as asas, desaparecia. A grande ave fez isso três vezes, pois foram três vezes que ela o rejeitara. Na última, ao receber a mesma resposta, ele disse-lhe:

— Feche os olhos — e, prendendo-a debaixo de suas asas, voou, levando-a para longe dali.

Bastou a princesa ser retirada, e a árvore desabou no chão. As feras caíram em cima, mas não encontraram nada. O Urubu-Rei voou, voou, até chegar a uma terra bem distante. Quando, exausto, ele pousou, desencantou-se e virou um príncipe formoso. Eles se casaram e viveram muito felizes.

Muitos anos depois, apareceu no reino um velhinho de cabelos brancos, pedindo esmolas. Quando ele chegou ao palácio, a princesa logo reconheceu naquele esmoler o seu pai rude e arrogante. O velho, no entanto, não reconheceu a filha, pois a imaginava morta.

A princesa contou ao marido que aquele esmoler era seu pai. Tratou-o com toda dignidade, mandou dar-lhe banho, roupas limpas e servir-lhe comida.

Depois de ser bem recebido, ele se ajoelhou e beijou-lhe os pés em agradecimento pela caridade. Então ela se revelou para ele. O velho, reconhecendo a filha, em prantos, lhe pediu perdão. Ela o perdoou e o velho, que fora expulso do reino pelas outras filhas, terminou seus últimos dias ao lado da caçula.

Arnaldo Pataxó,
Serra do Ramalho, Bahia.

46. O testemunho das gotas da chuva

Um rapaz vivia feliz com sua jovem esposa, até que, um dia, sem motivo, começou a desconfiar dela. Finalmente, resolveu matá-la. Porém, ninguém poderia saber sobre o terrível crime. Então, numa noite de muita chuva, o desgraçado arrastou-a para a mata, que ficava perto de casa. A mulher, que era inocente, implorou por tudo quanto era santo, mas nada comovia o assassino. Ela, sem esperança de escapar, chamou pela única testemunha daquele crime:

— Um dia, desalmado, estas gotas de chuva que testemunham minha inocência hão de te acusar e este crime será descoberto!

Nem terminou de falar, pois uma punhalada calou a desventurada. O monstro sepultou-a ali mesmo, na mata, recobrindo a sepultura com folhas secas. No local cresceram muitas ervas, não ficando qualquer vestígio do horrendo crime.

Os anos se passaram e o povo achava que o moço havia sido abandonado pela esposa. Por isso não foi muito difícil para ele arranjar outra mulher, que — coitada! — nem desconfiava da fera que tinha ao seu lado. A união dos dois era elogiada por toda a vizinhança e o assassino tinha certeza de que o crime ficaria impune. Como Deus nunca dorme, numa noite, caiu um toró que dava medo. O homem levantou-se da cama, movido ninguém sabe por que, e resolveu abrir a porta para olhar as gotas que escorriam do telhado. Relembrou o crime e começou a rir; riu tanto que a esposa levantou-se da cama e, julgando que tivesse endoidado, veio saber o motivo de tanto alarido. Mas, ele ainda conseguiu disfarçar e voltaram pra cama. A mulher, artimanhosa, de novo quis saber o motivo, porque, dizia ela, fosse o que fosse, não iria censurá-lo, pois o amava demais. Tanto insistiu que o criminoso, recomeçando a rir, narrou a maneira pela qual se livrara da esposa que muitos julgavam foragida. E as gotas de chuva fizeram-no rememorar toda a cena. E, por um desses mistérios que ninguém entende, ao terminar de se denunciar, o monstro caiu num sono tão pesado que era impossível acordá-lo. A pobre mulher, por outro lado, não *pregou* o olho a noite inteira.

Quando o dia amanheceu, mal o marido foi pra roça, ela correu para contar à mãe o perigo que estava correndo. Narrou toda a história. A velha, sem outro recurso, e temendo pela vida da filha, deu parte à polícia, que, sem muito esforço, prendeu o criminoso. Sem ter como desmentir, ele confessou tudo, mostrando, inclusive, o local onde a infeliz fora enterrada. O assassino, então, se recordou do que ela disse no dia em que ele a matou; e foi pelo testemunho das gotas de chuva que o crime não caiu na impunidade.

Alaíde Maria Fernandes,
Florisvaldo Ferreira de Souza,
Igaporã, Bahia.

Contos do ogre (Diabo) estúpido

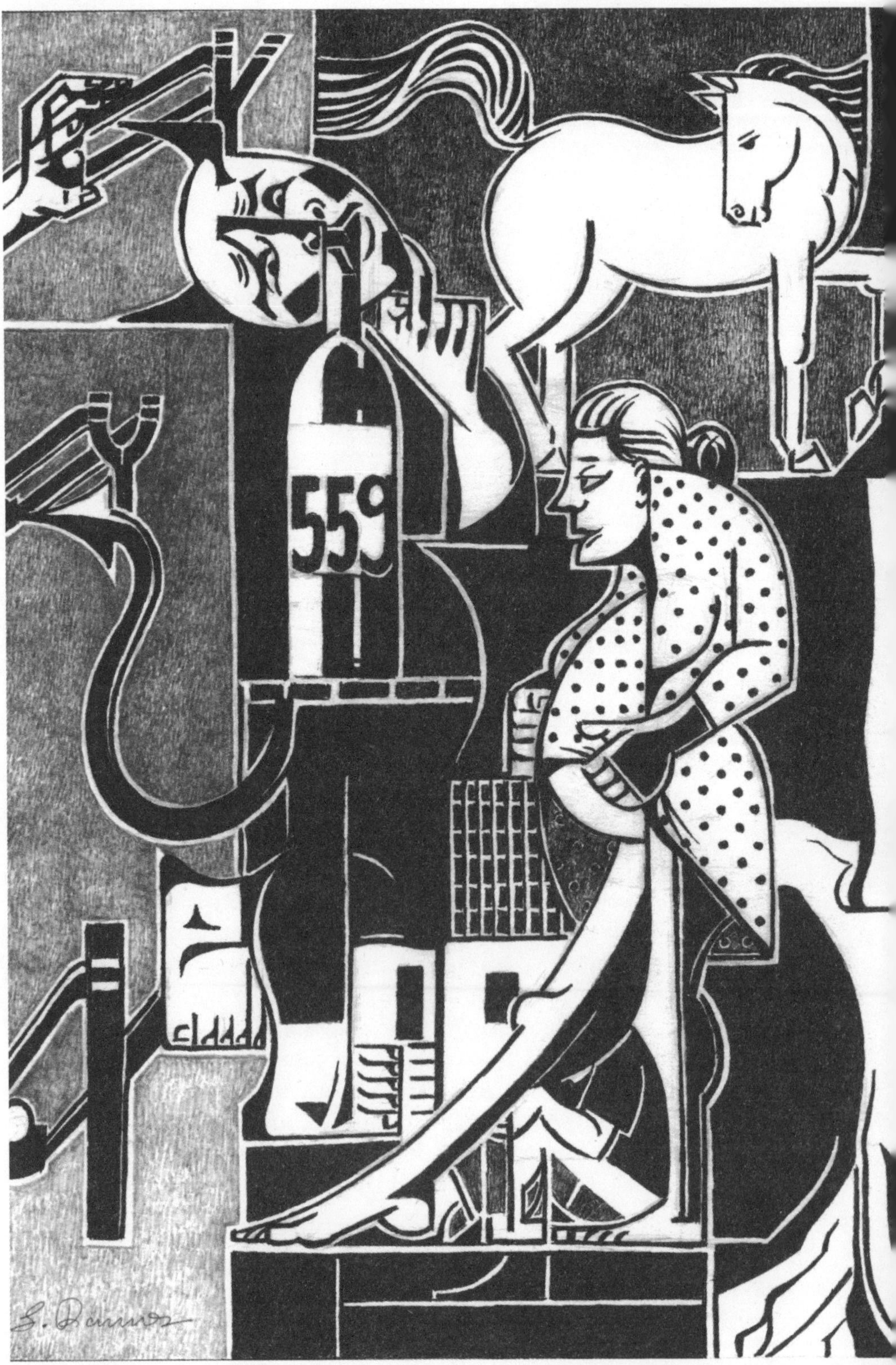
559

O conto que descortina a série seguinte — *Pedro Malazarte e o rei* — poderia ser acomodado entre as facécias, não fosse um detalhe: é classificado como ATU 1000, o primeiro tipo da série do Ogre Estúpido, *Ganha quem não se zangar*. A metamorfose do ogro em rei não pertence apenas ao universo picaresco, podendo ser encontrado em muitos contos maravilhosos nos quais a alma do vilão encontra-se fora de seu corpo.

O motivo da aposta — uma tira de couro das costas do oponente derrotado ou *pound of flesh* —, de muitas histórias semelhantes protagonizadas por Malazarte, foi aproveitado por Shakespeare em *O mercador de Veneza* (1594). Trata-se da aposta entre Antônio e o judeu Shylock, motivo que Câmara Cascudo rastreou na Síria dos primeiros tempos do Islamismo, a partir de uma sentença do Cádi de Emessa, condenando um judeu a pagar a um devoto de Alá, por havê-lo ofendido, com uma libra de carne retirada de seu próprio corpo. Felizmente, para o judeu, a ofensa foi convertida em multa. A história chegou à Europa, provavelmente no bojo da expansão muçulmana, durante as sucessivas ocupações, via sul da França, Espanha, Portugal e Sicília. Ou levada pelos cruzados que, no século XI, dominavam Emessa.[24] Na literatura de cordel, temos *O quengo de Pedro Malazarte no fazendeiro*, de João Damasceno Nobre, publicado na década de 1950, que reúne vários episódios do ciclo de Pedro Malazarte, incluindo a temerária aposta. No *Vaqueiros e cantadores*, Câmara Cascudo reproduziu os versos de Tadeu de Serpa Martins, *Uma aventura de Pedro Malazarte*, com o fazendeiro convertido num turco.

Já no conto 48, o Diabo aparece sem disfarces. O folclorista pernambucano Mário Souto Maior publicou um interessante estudo, *Território da danação*, esmiuçando a presença do Diabo na cultura popular do Nordeste. Além de comprovar a participação direta e indireta do "tinhoso" na linguagem popular, na literatura de cordel e nos clássicos da literatura regionalista, transcreve seis histórias por ele colhidas, sempre apresentando o Diabo como uma entidade estúpida, um perdedor de apostas e, em alguns casos, um "saco de pancadas". A primeira, contada

---

24. *A libra de carne no ciclo de Pedro Malas-Artes*. In: *Ensaios de etnografia brasileira*, págs. 56-66.

por Luiz Alves da Silva, de São Caetano, Pernambuco, *Mulher, menino e Diabo*, merece transcrição integral por mais de um motivo: é similar ao nosso conto — cujo título justifica-se pelo rifão popular, *Com menino nem o Cão pode!*; e ainda acrescenta ao rol de burladores do *demo* a mulher, que o engana em um sem-numero de histórias, às vezes recorrendo à sensualidade.

> O Diabo ia andando de estrada afora quando avistou, de longe, um magote de meninos, cada um com sua **baladeira**. Mais do que depressa, o Diabo, querendo bancar o sabido, subiu num pé de caju e se transformou num cupim. Os meninos se aproximaram do cajueiro e um deles falou:
> — Já que não encontramos passarinhos, vamos ver quem é que acerta aquele cupim?
> Os meninos não tiveram dúvida: descobriram o cupim do cajueiro e tome pedra.
> O Diabo, danado da vida, pulou de raiva e disse:
> — Ah! Já vi que de menino e de mulher nem o Diabo se livra.
> E saiu correndo de mundo afora.[25]

Com muitas reviravoltas e a prevalência da esperteza feminina, *A idade do Diabo* lembra o motivo da ajuda sobrenatural condicionada. Uma diferença: não é o nome do ajudante (como no conto dos Grimm, *Rumpelstilzkin*, AT500) que deve ser adivinhado, mas a sua idade, o que livrará o protagonista do castigo. É vasto na literatura de cordel o ciclo de histórias em que o Diabo figura como oponente derrotado pela malícia feminina.

---

25. *Território da danação:* o Diabo na cultura popular do Nordeste, p. 28.

47. Pedro Malazarte e o rei

Pedro e João eram dois irmãos. Pedro era cheio de estripulias. Quando os pais deles morreram e os dois ficaram sozinhos, João resolveu sair pelo mundo. Despediu-se de Pedro e pôs viagem. Foi parar na casa do rei, a quem pediu serviço. O rei arranjou-lhe ocupação, mas a regra era a seguinte: quem se arrependesse do trabalho, reclamando um tiquinho que fosse, lhe era arrancada uma tira de couro que ia do pescoço até o calcanhar! João aceitou, mas no primeiro dia de trabalho percebeu que o negócio era feio. No almoço, veio para ele a metade de um ovo com uma banda de cuscuz. Ele trabalhava como um condenado e não comia nada além daquilo. E assim foram passando os dias. Muito, muito trabalho e quase nada de comida. João, que já não aguentava mais, pediu para sair do serviço. O rei respondeu:

— Trato é trato! — e, depois de arrancar uma tira de couro nas costas de João, despediu-o sem lhe dar nenhum centavo.

O rapaz voltou para casa, todo desconsolado. Pedro, desconfiado, perguntou:

— E aí, João, como foi?

— Não arranjei nada, Pedro, e o rei é ruim demais. O pagamento que me deu foi arrancar uma tira de couro do meu lombo!

— Ele fez isso com você, João? Pois quem vai agora sou eu!

Pedro seguiu as instruções de João e se pôs na direção do reino. Chegando lá, perguntou se tinha serviço. O rei disse que sim e lhe explicou o contrato:

— Você não pode pedir as contas senão lhe arranco uma tira de couro das costas e não lhe pago nada.

Pedro aceitou tudo e foi para o trabalho. No almoço, a criada trouxe metade do cuscuz e uma banda dum ovo. Pedro começou a comer, mas, em seguida, disse à criada:

— Traga mais ovo que ainda tem cuscuz!

Nem tocava no cuscuz e quando a criada ia conferir, via o cuscuz e trazia mais ovo. Daí a pouco ele dizia:

— Traga cuscuz, pois só tem ovo! — E foi assim encher a barriga.
A criada disse ao rei que o rapaz era muito sabido. O rei viu que o jeito era mandá-lo embora. Como palavra de rei não volta atrás, ele pagou a Pedro, que voltou para casa, rico e com as costas ilesas.

Guilherme Pereira da Silva,
Serra do Ramalho, Bahia.

48. Com menino nem o Cão pode!

O Diabo morre de medo de menino, pois, como lá dizem: com menino nem o Cão pode! Só que uma vez ele vinha por um caminho quando topou com uns meninos estilingando. O Diabo, apavorado, se virou num toco. Os meninos deram fé do toco e um deles falou:
— Vamos ver quem tem melhor pontaria e acerta aquele toco mais vezes.

E haja estilingada no toco! Quando cansaram, foram aliviar a bexiga, adivinha onde? No final, o Diabo tomou o caminho do inferno, todo arrebentado e malcheiroso.

***

Noutra ocasião, o Diabo encontrou os mesmos meninos e, morto de medo, se transformou num litro. Porém, os meninos acharam de apedrejar o litro, quase acabando com o *peste*. Quando os meninos foram embora, o Diabo imaginou um modo de se vingar, mas sempre era pego desprevenido.

Tanto é que, passados uns tempos, ele avistou de novo os meninos. Não tendo para onde correr, e pensando em se safar ao menos desta vez, se meteu no *fiofó* duma égua. Os pestinhas viram a égua, montaram nela e começaram a bater, sem dó. A égua levantou o rabo e danou-se a peidar. Os moleques estranharam aquilo e perguntaram:
— Você está com o Cão no *rabo*, égua?
E mais uma vez o Diabo foi para casa, todo estropiado.

Delci Alves Luz,
Cordeiro, Bahia.

49. A idade do Diabo

Houve, uma vez, um homem muito pobre. Um dia, quando ele se lamentava da penúria em que vivia, foi visitado por um sujeito estranho que lhe prometeu muita riqueza em troca de sua alma. O sujeito, nem preciso dizer, era o Diabo, que, em cinco anos, voltaria para cobrar a conta e conduzir o infeliz, que aceitara a proposta, ao inferno. De uma hora para outra, o homem ficou rico. Era impossível saber o quanto possuía em dinheiro e bens. Mas, como tudo na vida tem um preço, passados cinco anos, o Diabo retornou para cobrar a dívida:

— Vim buscá-lo, *amigo*! O seu prazo na Terra acabou!

O homem se desesperou, mas ainda teve sangue-frio para fazer a seguinte proposta ao *capataz*:

— Como você é muito poderoso, vou lhe propor três tarefas. Se não cumprir as três, devolve a minha alma.

O Diabo, que se julgava muito poderoso, aceitou o desafio, afirmando que voltaria no dia seguinte para a primeira das tarefas. Quando o *demo* desapareceu, o homem começou a imaginar um jeito de enganá-lo, mas, por estar nervoso, não conseguia pensar em nada. Resolveu procurar um amigo, que era muito esperto e decerto pensaria numa solução. De pronto o amigo sugeriu que ele apresentasse ao Diabo a seguinte tarefa:

— Pegue três sacos, um de farinha, outro de açúcar, outro de areia, e misture; depois peça ao Diabo para separar tudo em menos de um minuto. Por mais esperto que ele seja, duvido que consiga.

No outro dia, bem cedo, o Diabo apareceu para cumprir a primeira tarefa. Quando o homem misturou tudo, o *peste* perguntou: "É só isso?" — e em um segundo repôs cada coisa em seu lugar.

Ao ver a facilidade com que o coisa-ruim realizou a primeira tarefa, o homem pensou que o seu caso era sem jeito. Sumindo o Diabo, ele resolveu procurar um velho que morava não muito longe dali e tinha fama de sábio. Depois de ouvir o drama, o velho falou:

— Quando o Diabo aparecer, dê três tiros nele e, só depois, peça para ele aparar as balas.

No outro dia, assim que o Diabo apareceu no quintal, já foi levando três balaços. Quando o coitado já se imaginava livre do trato, o fute abriu a mão e mostrou as balas. Antes de desaparecer, deixou um recado:

— Amanhã eu volto para buscá-lo, *amigo*!

O homem, mesmo estando num desespero de arrancar os cabelos, lembrou-se do velho e decidiu ir procurá-lo pela última vez. O velho, então, lhe disse:

— Ordene ao Diabo que construa uma casa em cinco minutos. Duvido que ele consiga.

No dia seguinte, o Diabo apareceu, já esfregando as mãos, para conduzir aquela alma, conquistada com grande sacrifício, para o inferno:

— Qual a terceira tarefa, *amigo*?

— Construir uma casa em cinco minutos.

A princípio, pareceu que a tarefa não ia ser executada, mas o Diabo, fazendo uso de seus poderes, deixou a casa pronta em menos de dois minutos.

Vendo-se perdido, o pecador começou a chorar e a se maldizer tanto que até o Diabo ficou com pena e resolveu dar-lhe mais uma chance: o homem deveria, num prazo de cinco dias, adivinhar a idade do tinhoso. Quando o bicho se ausentou, a velha empregada, que ouvira tudo, disse que, com a permissão do seu senhor, descobriria a idade do Diabo, mas em troca queria metade de sua fortuna, ao que o homem, desesperado, anuiu.

A velha, muito esperta, foi esperar o Diabo perto duma encruzilhada. Quando o *condenado* se aproximou, ela levantou a saia. Ao ver aquilo, o Diabo não se conteve e deixou escapar esta:

— Nesses meus 559 anos nunca tinha visto nada parecido!

A velha saiu queimando e foi contar ao patrão a resposta da charada.

No dia marcado, o *calunga* apareceu. Porém, quando o homem disse que a idade do Diabo era de 559 anos, houve uma tremenda explosão e, durante muitos dias, o lugar ficou *empesteado* com uma catinga de enxofre que ninguém aguentava. Quanto à velha, com o dinheiro que ganhou, foi gozar tranquilamente o resto de seus dias.

Lucas Magalhães Flores,
Igaporã, Bahia.

Contos jocosos
(facécias)

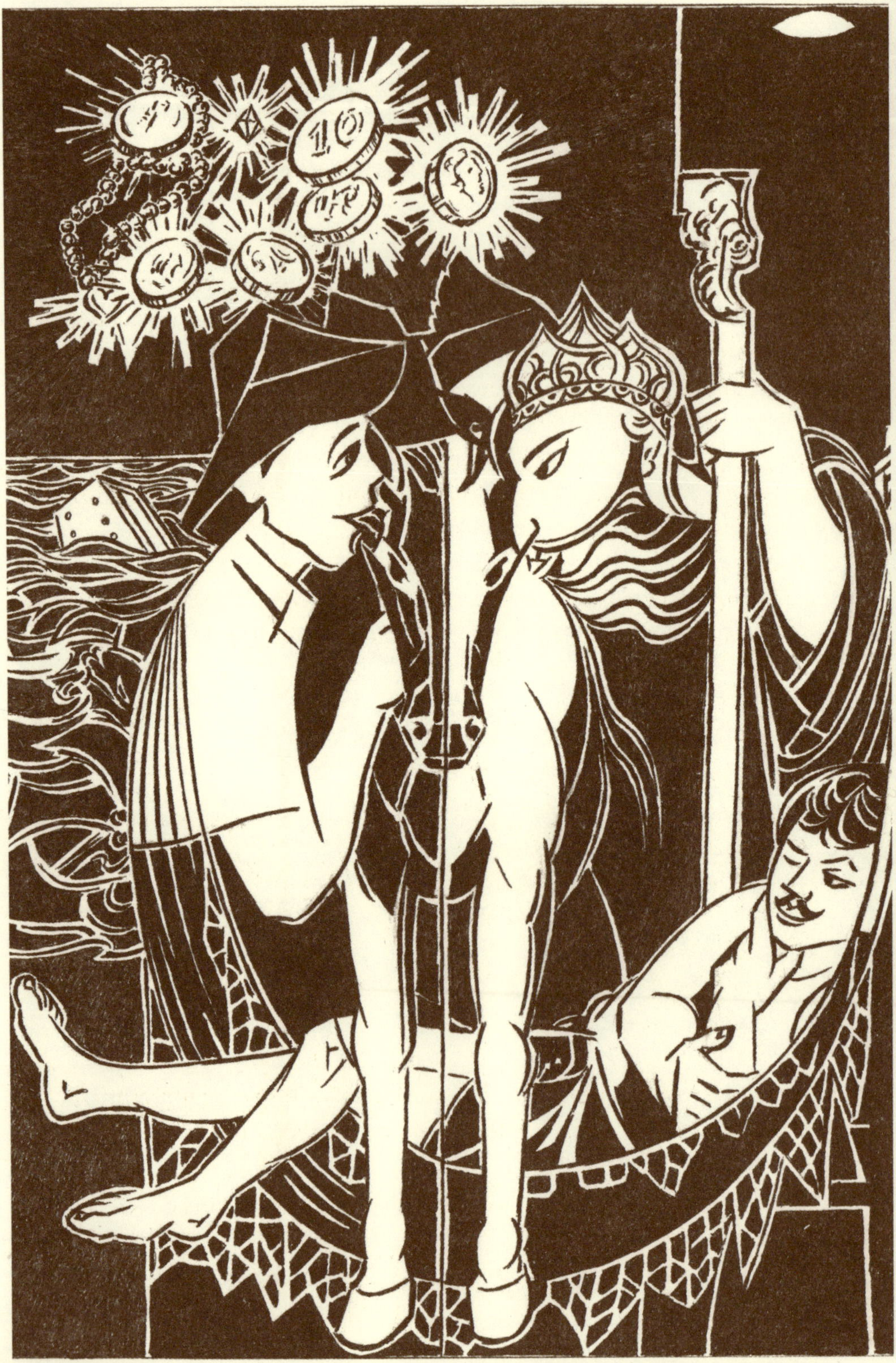

As histórias que abrem e fecham esta seção em que predominam a comicidade e o riso abordam o pecado capital da preguiça. Os contos 50 e 51 narram basicamente a mesma história: um homem desposa uma moça bonita, porém preguiçosa. Ao tomar conhecimento do *defeito* da esposa, sempre, antes de ir ao trabalho, faz severas recomendações ao animal da casa (cachorro no conto 50, gato no 51) para deixar seu almoço pronto.
A preguiça misturada à estupidez é tema, ainda, do último exemplar da seção, *O preguiçoso* (56). O professor Jackson da Silva Lima recolheu cinco versões do romance do preguiçoso, em Sergipe e Alagoas, nas quais constam o episódio da exortação da mulher e os argumentos de que se vale o marido para não levantar-se da cama — ou da rede.[26] Como exemplo, reproduzo um trecho da versão recolhida em Buquim (SE), cantada por D. Josefa de Jesus:

— Marido, se alevante,
Vá matar uma sariema,
Nós come a carne toda,
Faz a bassoura das penas.

— Quem me dera isso agora,
Não é minha velha,
No braço de uma morena,
Adeus, saudade...

A nossa versão, narrada por Maria Magalhães Borges, é um híbrido do conto com o romance. Lindolfo Gomes recolheu em Minas Gerais

---

26. "O *assunto-chave* desse romance é bastante explorado em histórias de trancoso e contos populares, encontradiços em todas as latitudes. A figura interessante do preguiçoso tem despertado a curiosidade dos humildes, envolvendo-a em situações chistosas, sem no entanto torná-la desprezível." In: LIMA, Jackson da Silva. *O folclore de Sergipe*, I: romanceiro, p. 422.

duas versões e as incluiu no que chamou de ciclo do preguiçoso. Na primeira, *João Preguiça*, o personagem-título é um parvo que jamais digna-se de levantar-se da rede. Fica tão debilitado que é dado como morto. A caminho do cemitério, descobrem que o preguiçoso ainda estava vivo. Um dos irmãos, condoído, oferece-lhe um prato de arroz, ao que uma voz enfraquecida responde perguntando: "— ... é com casca ou sem casca?". A resposta negativa precipita o desfecho cômico, com o pedido do parvo: "— Toca pro cemitério!". Na história seguinte, o preguiçoso é um avarento, que, mesmo sendo rico, vive numa choupana, onde é encontrado pelos sobrinhos, que o julgam morto. Um curandeiro ministra-lhe um unguento que o traz de volta à vida. Ao ver este exigir como pagamento uma soma que julga exorbitante, o avarento não tem dúvidas e pede para que o enterro prossiga. A história figura também, sob o título *Pedro Preguiça*, nos *Contos tradicionais do Algarve*, de Ataíde Oliveira, e, na França, em versão literária reelaborada por Alphonse Daudet, *O figo e o preguiçoso*. Encontramo-la, ainda, entre os *Contos populares da Romênia*, de Ion Creanga, a *História dum preguiçoso*. Os habitantes duma aldeia, temendo que o preguiçoso do título contaminasse os demais com sua indolência, designam dois campônios para levá-lo à forca. A caminho do patíbulo, uma senhora, compadecida com a sorte do moleirão, se oferece para salvá-lo, levando-o a um solar, onde terá por alimento crostas de pão. Quando descobre que precisará passar o molho no pão, o madraço decide-se pela morte na forca![27]

Encontramos na clássica história de cordel *Proezas de João Grilo*, de João Ferreira de Lima, o episódio do segredo ao ouvido do animal de carga, tema do conto 52, *Camões e a burra*. No cordel, o pícaro engana um comerciante português. Este vinha montado numa égua que carregava duas caixas de ovos. Ao pedir para falar uma charada ao ouvido do animal, João tem o consentimento do condutor. Joga a ponta de um cigarro aceso dentro do ouvido da égua, que derruba o português e a carga. Vejamos o desfecho, nas palavras do poeta:

---

27. Veja-se CREANGA, Ion. *Contos populares da Romênia*, págs. 173-5.

Derrubou o português
Foi ovo pra todo lado
Arrebentou a cangalha
Ficou o chão ensopado
O português levantou-se
Tristonho e todo melado.

O português perguntou:
— O que foi que tu disseste
Que causou tanto desgosto
A este animal agreste?
— Eu disse que a mãe morreu...
O português respondeu:
— Oh! Égua besta da peste!

    O urubu adivinhão (53) e *Presepadas de Camões* (54) de nossa coletânea trazem, mais uma vez, o pícaro, sob as vestes rotas de Pedro Malazarte e Camões, reparando iniquidades, vencendo inimigos poderosos ou, simplesmente, satisfazendo necessidades imediatas. Ruth Guimarães anotou, no Vale do Paraíba e regiões próximas, vários contos integrados à recolha *Calidoscópio – a saga de Pedro Malazarte*. Dentre esses, os "Casos do surrão", que incluem o tema dos "maridos enganados, mas consolados", calcado nas histórias do *Decameron*. O nosso conto 53, com o episódio da esposa adúltera que esconde a melhor porção da comida para o amante, integra esse rol. Malazarte, testemunha do adultério, usará a informação em benefício próprio. O instrumento da chantagem é um urubu ao qual atribui o dom da adivinhação, atraindo a cobiça do marido que é, assim, duplamente enganado. O episódio figura nos *Contos tradicionais*, de Câmara Cascudo, como a segunda das *Seis aventuras de Pedro Malazarte*.[28] Lindolfo Gomes forneceu, na seção dedicada ao pícaro, em sua recolha, dois exemplares: *De como Pedro Malazarte fez o urubu falar* e *De como Pedro Malazarte vendeu o urubu*. O tema reaparece, em pelo menos dois folhetos de cordel: *Presepadas de Pedro Malazarte*, de Francisco Sales Arêda, e *Pedro Malasartes e o urubu adivinhão*, de Klévisson Viana.

---

28. *Contos tradicionais do Brasil*, págs. 175-6.

O contraponto entre o camponês rico e o camponês pobre (ATU 1535) é a base de muitos contos populares e de versões literárias que se abeberam na tradição oral, como a célebre *Nicolau Grande e Nicolau Pequeno*, dos *Contos de Andersen*.

Presepadas de Camões reúne dois motivos universais dos contos de astúcia: o da superação das provas impostas pelo rei e o da burla final, com o herói *retornando* do fundo do mar como um rico fazendeiro. O ardil perverso com que Camões se safa da morte certa está no supracitado conto de Andersen, no exemplar russo de Afanas'ev, *O bobo da corte*, e no conto renascentista *O abade Scarpacífico*, das *Piacevoli notti*, de Straparola.

O menino e o padre (55), constante de antologias da Alemanha, França, Irlanda, Escócia, Grécia e Turquia, chegou-nos, naturalmente, via Península Ibérica. A mais antiga versão documentada, do alemão Jacob Knebel, data de 1479. Seguem-se a italiana de Straparola e a francesa de Des Periers, das *Nouvelles récréations* ou *Joyes devis*, que Aurélio Buarque de Holanda e Paulo Rónai traduziram para a antologia *Mar de histórias* (1945).[29] Câmara Cascudo reproduziu a versão de José Carvalho, publicada no livro *O matuto cearense e o caboclo do Pará*, e apontou outra, de Gustavo Barroso, presente no livro *Ao som da viola* (1921). Conheço pelo menos mais duas versões, muito semelhantes a que aqui transcrevo, uma delas narrada por meu tio Manoel Farias Guedes. Ao final, o padre castigado sai à procura do menino, mas este havia, de caso pensado, trocado o nome para *Por aí assim*, repetindo o logro de Ulisses sobre Polífemo.[30] Na versão de Barroso, conservou-se, além do motivo, o nome com que o herói grego se apresentou ao ciclope. O menino se evade, e o padre, perguntado sobre quem lhe havia prejudicado, responde: *Ninguém*.

---

29. A informação é de Théo Brandão, autor do interessante estudo sobre a *Estória de João Traquino ou o menino sabido e o padre*, que inclui versões em cordel, como *As palhaçadas de João Traquino*, de José Martins dos Santos. (*Seis contos populares no Brasil*, págs. 31-43)

30. Escrevi um folheto de cordel, *Presepadas de Chicó e astúcias de João Grilo*, no qual reproduzo este espisódio. O folheto integra a antologia *Meus romances de cordel* (Global, 2011).

50. A preguiçosa e o cachorro

Um rapaz casou com uma moça que o que tinha de bonita, tinha de preguiçosa. Não sabia fazer nada. Ele saía para a roça com os agregados e pedia para ela preparar o almoço. Mas, além de não saber fazer, ela não queria aprender. Ele então astuciou um jeito de acabar com a preguiça da mulher. De manhã, quando se preparava para sair, chamou o cachorro que ela criava e recomendou:

— É para você pilar o arroz e o milho, pegar água na fonte e fazer o almoço. Se não fizer, já sabe!... — Na verdade, o recado era para a mulher.

Assim que o marido saiu, a mulher chamou o cachorro:

— Vai fazer o que ele mandou, se não ele lhe bate!

Quem disse?! O cachorro nem se mexia. Quando o homem voltou, ao meio-dia, morrendo de fome, e não viu nada para comer, gritou à mulher:

— Segura o cachorro, pois ele não fez o que eu ordenei.

Ela segurou, e o marido pegou a taca. O cachorro, tentando escapar da taca, mordia a mulher. Ele voltou para o roçado, mas, antes, deixou a mesma recomendação: queria a janta pronta, se não... A mulher, tola do jeito que era, mandava o cachorro trabalhar... e o cachorro, nem aí para ela.

Quando o marido voltou, que não encontrou o *de comer*, chamou a mulher e pediu para segurar o cachorro. Ela o segurou, o homem desceu a taca, mas pegava mais nela que no cachorro.

No outro dia, toda machucada, ela ouviu as recomendações do marido ao cachorro. Então pediu para o bicho trabalhar, mas, quem disse?! Então ela começou a pilar o milho. E chamou o cachorro para pilar o arroz. Nada. Mandou-o à fonte buscar água. Nada. Ela é que foi. Depois fez o almoço. Quando o marido voltou com os trabalhadores, que viu o almoço pronto, perguntou quem tinha feito. A mulher respondeu:

— Fui eu. Ele não faz nada! — e apontava para o cachorro. — Eu fiz tudo sozinha.

A partir daquele dia, a mulher aprendeu a fazer as coisas e deixou de ser preguiçosa.

Jesuína Pereira Magalhães,
Igaporã, Bahia.

51. A mulher preguiçosa

Variante do conto anterior

Uma moça muito bonita era filha única e, por isso, ficou dengosa, adulada e preguiçosa. Todos os seus gostos e pedidos eram feitos pelos pais. Quando ela arranjou um casamento, sua mãe chamou o noivo e lhe explicou como era a filha: era preciso pôr a comida no prato, lavar-lhe os cabelos, e até a água do banho ele tinha de pôr na bacia, pois ela nada fazia. Mesmo alertado pela sogra, o rapaz casou com a moça.

Durante uma semana ele fez o que a sogra lhe recomendou. Mas, na semana seguinte, pensou, pensou e pôs um plano em prática. Antes de sair para trabalhar, o homem disse ao gato da casa:

— Gato, arrume a casa e faça a minha comida, se não, quando eu chegar, lhe dou uma surra! — E saiu para trabalhar, deixando o gato dormindo em cima do fogão.

A mulher dizia ao bicho:

— Gato, gato, faça a comida e arrume logo essa casa, se não, quando meu marido chegar, vai lhe bater.

E foi assim durante três dias. No quarto, antes de sair, ele deu as mesmas ordens, mas o gato continuou a dormir. Quando deu meio-dia, o homem chegou, cansado, do serviço e perguntou ao gato:

— Não fez minha comida, gato?! Pois agora você vai apanhar!

— Eu não falei com você, gato, que se não fizesse a comida e arrumasse a casa, ia apanhar?! — disse a mulher, apontando o dedo para o bicho.

O marido pediu à mulher que segurasse o gato para ele dar a surra. Quando o homem ameaçava bater no gato, ele arranhava a mulher.

No dia seguinte, o gato continuava dormindo em cima do fogão. A mulher mandava o bicho ir trabalhar, e nada. Quando o homem chegou à tarde, estava tudo do mesmo jeito que ele deixou. E a história se repetiu, com o gato arranhando a pobre da preguiçosa. Mais tarde, ela parou em frente ao espelho, e percebeu que sua beleza estava toda estragada.

No outro dia, o homem, antes de sair, ordenou ao gato novamente.

Mas a mulher, com medo de ter que segurar o gato, começou a trabalhar: fez comida, arrumou a casa, lavou, passou, enfim, fez tudo e mais um pouco.

O marido, chegando, achou tudo pronto, e disse ao gato:

— Hoje você fez tudo direitinho.

E a mulher respondeu:

— Que gato, que nada! Fui eu que fiz tudo! Esse gato só dorme.

— Então por que você não deixou eu dar outra surra nele? — perguntou o homem, percebendo que o seu plano dera certo.

E daí em diante os dois viveram muito bem.

Rita de Cássia Souza Martins,
Igaporã, Bahia.

52. Camões e a burra

Um cabra vinha montado numa burra carregada de ovos. Camões, que estava sentado à beira da estrada fumando um cigarro, percebendo que o cabra descuidou-se um pouquinho, tirou o cigarro e o encostou no ouvido da burra. O pobre animal se desesperou e espatifou ovo para todo lado.
O homem, desconfiado, apontou para Camões:
— Você foi o culpado!
— Eu não...
— Então me diga o que você cochichou no ouvido dela.
Camões saiu-se com essa:
— Eu disse que o pai e a mãe dela tinham morrido.
E o besta acreditou.

Guilherme Pereira da Silva,
Serra do Ramalho, Bahia.

53. O urubu adivinhão

Certa ocasião, Pedro chamou João, seu irmão, foi até a roça e disse:
— Vamos matar a égua que os nossos pais nos deixaram de herança!
A gente divide a égua meio a meio; você fica com uma banda e eu com a outra.
João retrucou:
— Que é isso, Pedro?! Você está doido!
— Doido nada! Eu quero a minha parte porque vou embora.
Assim fizeram. Depois de morta a égua, Pedro pegou sua metade e *botou viagem*. Depois de muito andar, armou uma arapuca com os restos da égua, mas só pegou um urubu. Pôs o bicho debaixo do braço e seguiu em frente até chegar a uma casa cujo dono estava viajando. Pedro pediu hospedagem, mas a mulher lhe negou, pois tinha um *freguês* que vinha visitá-la na ausência do marido. Pedro ficou por ali, escondido com o urubu, e compreendeu tudo. Quando o *freguês* saiu, Pedro tocou no urubu com o pé e o espantou. Aí a mulher perguntou:
— Seu Pedro, o que está acontecendo com esse bicho?
— Ele faz assim quando está adivinhando! Ele é adivinhão.
A mulher ficou assustada, pois tinha rabo de palha!
Pedro ficou por ali e, de vez em quando, tocava o pé no urubu, que estava cochilando e se assustava. A mulher voltou a indagar:
— E agora, seu Pedro?
— Ele está adivinhando umas coisas...
— O quê?
— Que a senhora tem um *freguês* e me garantiu que o seu marido, que viajou, logo estará de volta.
A mulher rogou que fosse embora e levasse junto aquele urubu adivinhão. Como Pedro não se mostrasse disposto a fazer aquilo, a mulher arrumou um monte de ouro e prata e lhe deu de presente.
Pedro voltou para casa rico e disse a João:
— Você não acredita, mas eu *enriquei* com a banda daquela égua.
E o pobre do João continuou na mesma.

Guilherme Pereira da Silva,
Serra do Ramalho, Bahia.

54. Presepadas de Camões

A filha do rei já estava em idade de se casar. O pai disse a ela que só a casaria com o homem que fosse capaz de cumprir as tarefas impostas por ele. Camões, sabendo disso, foi até o palácio e disse ao rei que aceitava o desafio, ao que este propôs:

— Muito bem, vamos ver se você é esperto mesmo! O primeiro desafio é o seguinte: você tem que chegar aqui "nem montado e nem a pé, nem vestido e nem nu, nem de dia nem de noite!"

O rei estava certo de que Camões não passaria nem dessa primeira prova. A caminho de casa, Camões ia pensando como fazer para cumprir o primeiro desafio. Pegou, então, uma tarrafa, se vestiu, arrumou uma porca, montou-se nela e foi ao castelo, no pino do meio-dia. Lá chegou trajado com a tarrafa — nem vestido nem nu; em cima da porca, com os pés no chão — nem montado nem a pé; ao meio-dia — que não era dia nem noite, mas a metade dos dois. O rei, abismado com tanta esperteza, disse:

— Pois bem, a primeira tarefa foi cumprida, mas duvido que você passe da segunda!

Ele já estava notando que com Camões o negócio era difícil e não queria dar a princesa em casamento a um pé-rapado. Logo, bolou outro plano: começou a cavar um buraco lá mesmo no quintal do palácio. Camões observou de longe e imaginou que o rei queria armar *alguma* para ele. Decidiu, então, cavar um túnel a partir da sua casa, que não ficava longe dali. Cavou, cavou, e quando já estava perto do outro buraco, parou. O rei, achando que já estava bem fundo, encerrou a *cavação*, mas nem imaginava que Camões sabia do truque.

O rei mandou um convite para Camões vir almoçar com ele. Camões chegou todo possante em seu cavalo, assobiando. Aí o rei mandou que os soldados o agarrassem e o jogassem no buraco. Eles fizeram conforme fora ordenado; depois cobriram com areia, brita e pedras. O rei ficou certo de que Camões já era, mas ele foi para casa pelo túnel que havia cavado. Ficou por lá escondido uns três dias;

depois resolveu visitar o rei para cobrar a dívida: a mão da princesa em casamento. Arrumou-se e foi assobiando. Quando o rei o viu, ficou estupefato:

— Camões, você tem parte com o Diabo?! — e logo imaginou outra maldade: — Venha aqui para um jantar para oficializar o noivado.

Na noite combinada, chamou os soldados e lhes ordenou para pegar Camões numa armadilha e levá-lo preso para ser jogado no fundo do mar. Quando Camões chegou, o rei já estava com tudo preparado: os soldados agarraram-no, jogaram em um caixão, bateram prego e foram jogá-lo no mar. No caminho, pararam numa bodega para beber e deixaram o caixão do lado de fora. Camões, percebendo a parada, começou a gritar:

— Eu não quero casar com a princesa! Já disse que não me caso!

Nisso, ia passando um boiadeiro rico e, ouvindo aquele fuá, aproximou-se e perguntou o que estava acontecendo. Camões então lhe explicou como o prenderam no caixão para obrigá-lo a casar com a filha do rei. O boiadeiro, besta, lhe fez uma proposta:

— Vamos trocar de lugar, pois uma sorte dessas não se acha todos os dias! Pode ficar com a minha boiada.

Camões aceitou, e logo o boiadeiro o ajudou a sair do caixão e ficou em seu lugar. Camões pegou a boiada e partiu. Quando os soldados saíram da bodega e pegaram o caixão, a caminho do mar, iam ouvindo:

— Já disse que eu quero casar com a princesa! Eu quero casar com a princesa!

Um dos soldados, já meio *alto*, pensando que era Camões, falou:

— Vai casar com o Cão, filho da peste!

Chegando ao mar, atiraram o caixão num lugar bem fundo.

Camões desta vez ficou uns três anos sem aparecer, só aumentando a boiada. Quando já estava muito rico, resolveu voltar ao palácio. Assim que o viu, o rei levou um susto daqueles e ficou mais admirado ao saber que ele enricara. Ao indagar como foi, ouviu de Camões a explicação:

— No fundo do mar tem um monte de fazendas. Fiquei por lá ajuntando boiada até que um dia finquei uma vara no chão e aí *deu subida*. Ia subindo boi, um por um. Por último, eu subi.

O rei, muito avarento, não se conformava de Camões ser mais rico que ele. Então falou:

— Camões, eu quero que você me coloque num caixão e me jogue no fundo do mar, pois eu quero conhecer as fazendas de lá e juntar uma boiada também.

Camões aceitou, colocou o rei num caixão e, com ordem do próprio, jogou-o no fundo do mar. O rei teve o merecido. E Camões casou com a princesa e se tornou rei de tudo.

José Nildo Oliveira Cardoso, São Paulo (SP).
Proveniência: Garanhuns, Pernambuco.

55. O menino e o padre

Um menino estava na beira do rio, quando chegou um padre perguntando:
— Menino, esse rio é raso?
— O gado do meu pai atravessa toda hora de lá para cá, de cá para lá...
O padre entrou na água e afundou. Ele não sabia, mas o gado do pai do menino eram os patos. Quando conseguiu sair, morto de raiva, o padre perguntou:
— Menino, quer morar comigo?
— Quero...
No caminho que levava à casa do padre, viram uma fonte. O padre perguntou:
— Menino, o que é aquilo?
— É água...
— Água não! É *abundância*! — e deu de palmatória no menino.
Mais adiante, avistaram uma fogueira.
— Menino, o que é aquilo?
— Ora, é fogo...
— Fogo não! É *luminância*! — outra pancada.
Ao chegarem à casa do padre, ele perguntou:
— E isso, menino, é o quê?
— É casa?! — respondeu o menino, sem ter muita certeza.
— Casa não! É *traficância*! — *Pá*! — Isso é pra você aprender, pois quase me matou afogado! E eu sou o quê?
— Ôxe! O senhor é um padre.
— Padre não! Sou *papa-cristo*! — e tome palmatória.
Nisso, apareceu a mulher que tomava conta da casa.
— E o que é isso, menino?
— Mulher?!
— Mulher não. É *folgazona*! — Mais bolo.
Daí passa um gato. O padre o aponta e pergunta:
— O que é aquilo?

— É gato?!
— Gato nada! É *papa-rato*! — Mais pancada!

O menino esperou até a noite, e quando o padre foi deitar, preparou uma vingança: pegou o gato e amarrou um *farol* de fogo no rabo dele. O gato correu toda a casa, levando o fogo. Nessa hora, o menino gritou:

> *Levanta seu **papa-cristo***
> *Dos braços da **folgazona**,*
> *Que lá vai o **papa-rato***
> *Com a **luminância** no cabo.*
> *Se não acudir com a **abundância**,*
> *Cai toda a **traficância**!*

O menino, que não era besta, caiu no mundo e o padre ficou sem a casa.

Ana Pereira Cardoso,
Serra do Ramalho, Bahia.

56. O preguiçoso

Um homem preguiçoso vivia com a mulher muito trabalhadeira. A casa deles era de vara, e a mulher, cansada de passar frio, teve que encher as paredes sozinha: carregou todo o barro e fez o serviço, enquanto o marido permanecia o dia todo deitado no chão, palitando os dentes e pitando seu cigarro de palha.

Tudo o que a mulher mandava fazer, ele vinha com uma desculpa para não realizar o serviço. Um dia, ela disse:

— Marido, vai ao mato caçar uma paca gorda pra nós *fazer* um cozido gostoso.

E o preguiçoso vinha com a desculpa:

— Ô minha *veia*, você quer meu mal?! Pra eu armar uma arapuca, tenho que pegar no machado, ele bate no meu pé e, aí, é desgraceira na certa! No mato tem onça. Se a onça me pega, me come. É melhor ficar por aqui.

A mulher se azoretava e dizia:

— Então, marido, levanta daí e vai botar um roçado, que a chuva já *tá* pra chegar!

— Mulher, a chuva que Deus dá no roçado dá no mato também. Não precisa de tanta *arribação*!

E a mulher, que já não aguentava mais, dizia:

> — *Miserável, marido, como você*
> *era melhor não ter.*
> *Cachorro há de lhe latir*
> *e cobra há de lhe morder.*
> *Tanta preguiça,*
> *só falta ser enterrado vivo,*
> *e é isso que eu vou fazer!*

Ele achou boa a ideia, já que não precisaria mais se levantar nem para fazer as necessidades. Então a mulher chamou uns homens para sepultar o preguiçoso. Puseram-no na rede e tocaram o cortejo. Na estrada, um compadre dele vinha montado a cavalo e, vendo a rede, perguntou:

— Meu compadre morreu e ninguém me avisou?

— Morreu não, compadre, mas prefere ser enterrado vivo a ter que levantar uma palha do chão. Esse homem não trabalha nem pro seu sustento, e eu já não aguento mais!

O compadre, então, ofertou:

— Para não enterrar meu compadre, eu ofereço um saco de feijão, outro de arroz e um cacho de banana.

O preguiçoso, ouvindo a proposta, espichou o pescoço para fora da rede e perguntou:

— Ô compadre, me responda uma coisa: esse feijão é debulhado?

— Não.

— E esse arroz e esse cacho de banana vêm com casca ou sem casca?

— Com casca!

Então, para surpresa de todos, o preguiçoso ordenou:

— Prossiga o enterro!

Maria Magalhães Borges,
Serra do Ramalho, Bahia.

Contos de fórmula

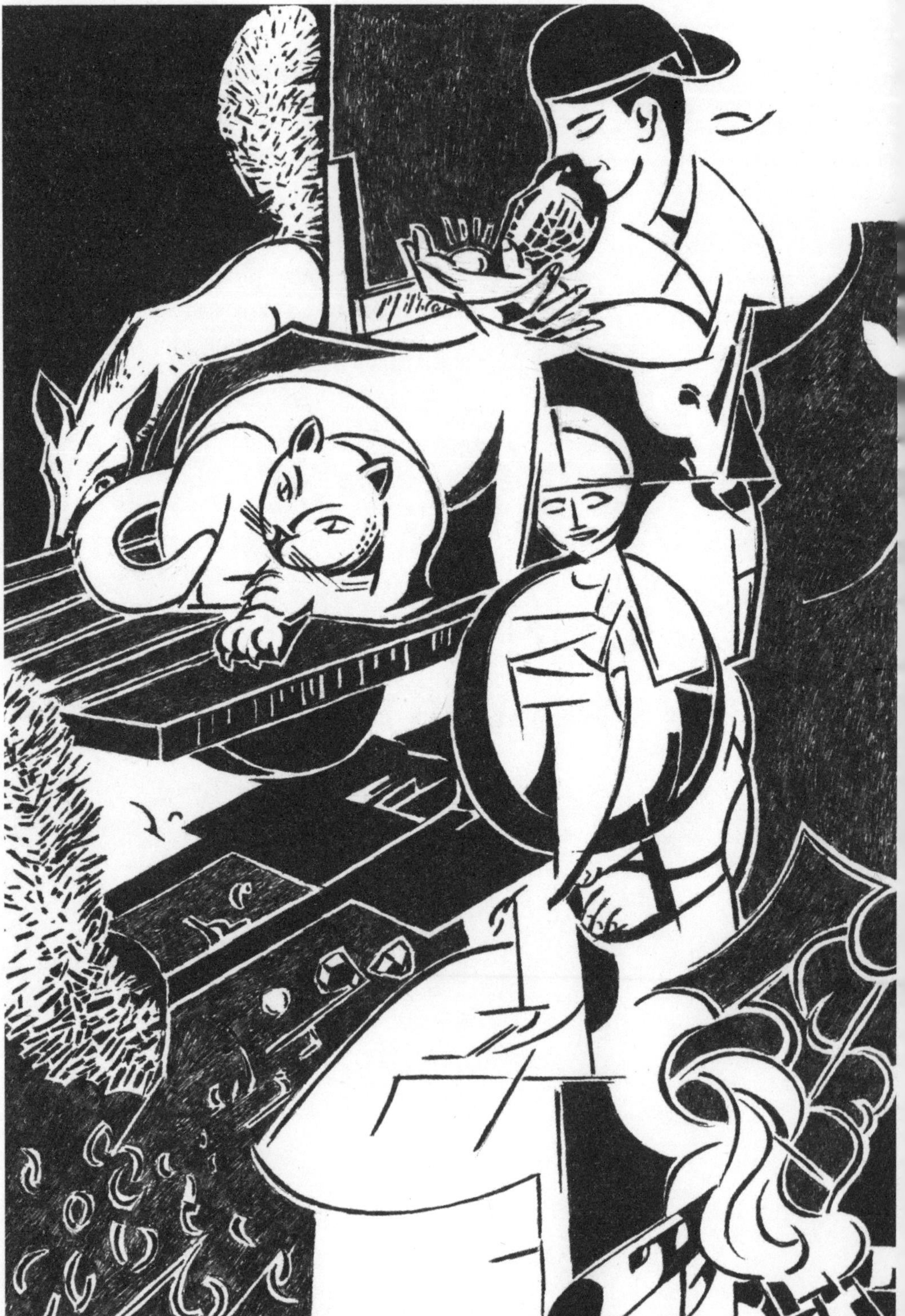

Os contos de fórmula ou acumulativos fecham o ciclo de histórias catalogadas deste volume. São de grande popularidade no Nordeste, pois cumprem a árdua missão de entreter as crianças, estimulando-lhes a imaginação no tocante ao "fio da meada". Ou seja, o elo, a cadeia. Por isso, em inglês, além de *formula tales*, *cumulative tales*, são conhecidos também como *arranged in chains*.

O gato e a raposa e *A coca* são os exemplares da coletânea. O primeiro gira em torno da peregrinação da raposa em busca de leite para comprar de volta o rabo, decepado pelas rodas do carro de boi guiado pelo gato. *A coca* se apoia nas trocas para melhor ou para pior, com algum matiz etiológico: a introdução de um utensílio mais adequado à prática de determinada atividade. Exemplo: o homem que se barbeia com um machado e que recebe do menino — personagem de conexão da história — uma navalha.

57. O gato e a raposa

Certa vez, o gato passava com o carro de boi por uma estrada. Quando a raposa o viu, emborcou num buraco, mas o seu rabo ficou de fora. Aí o gato lhe disse:

— Raposa, tire o seu rabo do caminho que eu quero passar!
— Não tiro!...
— Então vou passar por *riba* dele.

E o gato passou o carro, cortando o rabo da raposa fora. Ela, aí, lhe pediu:

— Gato, me dê meu rabo.
— Só dou se você me der leite.
— Mas onde eu vou achar leite?
— Vá pedir à vaca.

A raposa foi procurar a vaca, e assim se dirigiu a ela:

— Vaca, me dê leite; leite pra eu dar gato; gato pra me dar meu rabo.

A vaca respondeu:

— Só lhe dou leite se você me der capim.
— Onde eu acho capim?
— Vá pedir à serra.

E a raposa foi:

— Serra, me dê capim, capim pra eu dar vaca; vaca pra me dar leite; leite pra eu dar gato; gato pra me dar meu rabo.

A serra disse:

— Só dou se você me der água.
— Onde eu acho água?
— Vá pedir ao rio.

E a raposa pediu ao rio:

— Rio, me dê água; água pra eu dar serra; serra pra me dar capim; capim pra eu dar vaca; vaca pra me dar leite; leite pra eu dar gato; gato pra me dar o meu rabo.

— Só dou se você me limpar.
— E onde é que eu acho ferramenta?

— Vá pedir ao ferreiro.

E a raposa foi:

— Ferreiro, me dê enxada; enxada pra limpar rio; rio pra me dar água; água pra eu dar serra; serra pra me dar capim; capim pra eu dar vaca; vaca pra me dar leite; leite pra eu dar gato; gato pra me dar o meu rabo.

O ferreiro respondeu:

— Só dou se você me der carvão.

— E onde é que eu vou achar carvão?

— Vá pedir à carvoeira.

E lá foi ela:

— Carvoeira, me dê carvão; carvão pra eu dar ferreiro; ferreiro pra me dar enxada; enxada pra eu limpar rio; rio pra me dar água; água pra eu dar serra; serra pra me dar capim; capim pra eu dar vaca; vaca pra me dar leite; leite pra eu dar gato; gato pra me dar meu rabo.

Então a carvoeira lhe disse:

— Espere aí que eu vou fazer uma fogueira. — Foi, fez a fogueira, jogou a raposa dentro e ela virou carvão. Não é o que ela procurava?

Florentina Alves Pereira*,*
Igaporã, Bahia.

58. A coca

Um menino foi *no* mato caçar, matou uma coca, deu para a avó *aprontar* um pirão e voltou para caçar mais. A avó fez o pirão, mas ficou tão gostoso que ela comeu quase tudo, deixando para o neto apenas um restinho com os ossos. Quando o menino chegou, a avó lhe deu o sobejo. Ele ficou com tanta raiva que jogou a vasilha na parede. Depois, se arrependeu e pediu:

> — *Parede, me dá meu pirão,*
> *Pirão que minha vó me deu;*
> *Vó que comeu minha coca,*
> *Cocaricoca que mato me deu!*

A parede deu-lhe um pedaço de sabão e ele saiu andando até que, na beira de um riacho, viu umas lavadeiras lavando roupa com uma pedra. O menino falou:
— Ué! Nunca vi lavar roupa com pedra — e deu o sabão pras lavadeiras, que, em troca, lhe deram uma navalha. Seguiu andando e encontrou um homem fazendo a barba com um machado.
— Ué! Nunca vi fazer barba com machado — disse o menino, que deu a navalha para o barbeiro, recebendo em troca uma espiga de milho. Mais adiante, o menino viu uma rolinha comendo pedras e comentou:
— Ué! Nunca vi comer pedra.
O menino, então, deu o milho para a rolinha. Depois, se arrependeu e começou a pedir:

> — *Rolinha, me dá meu milho,*
> *Milho que barbeiro me deu;*
> *Barbeiro, me dá minha navalha,*
> *Navalha que lavadeira me deu;*
> *Lavadeira, me dá meu sabão,*
> *Sabão que parede me deu;*

Parede, me dá meu pirão,
Pirão que minha vó me deu;
Vó que comeu minha coca,
Cocaricoca que mato me deu.

A rolinha, com pena do menino, deu-lhe um ovinho, e lá foi ele para casa, feliz com o presente.

Manoel Farias Guedes,
Igaporã, Bahia.

Contos não classificados

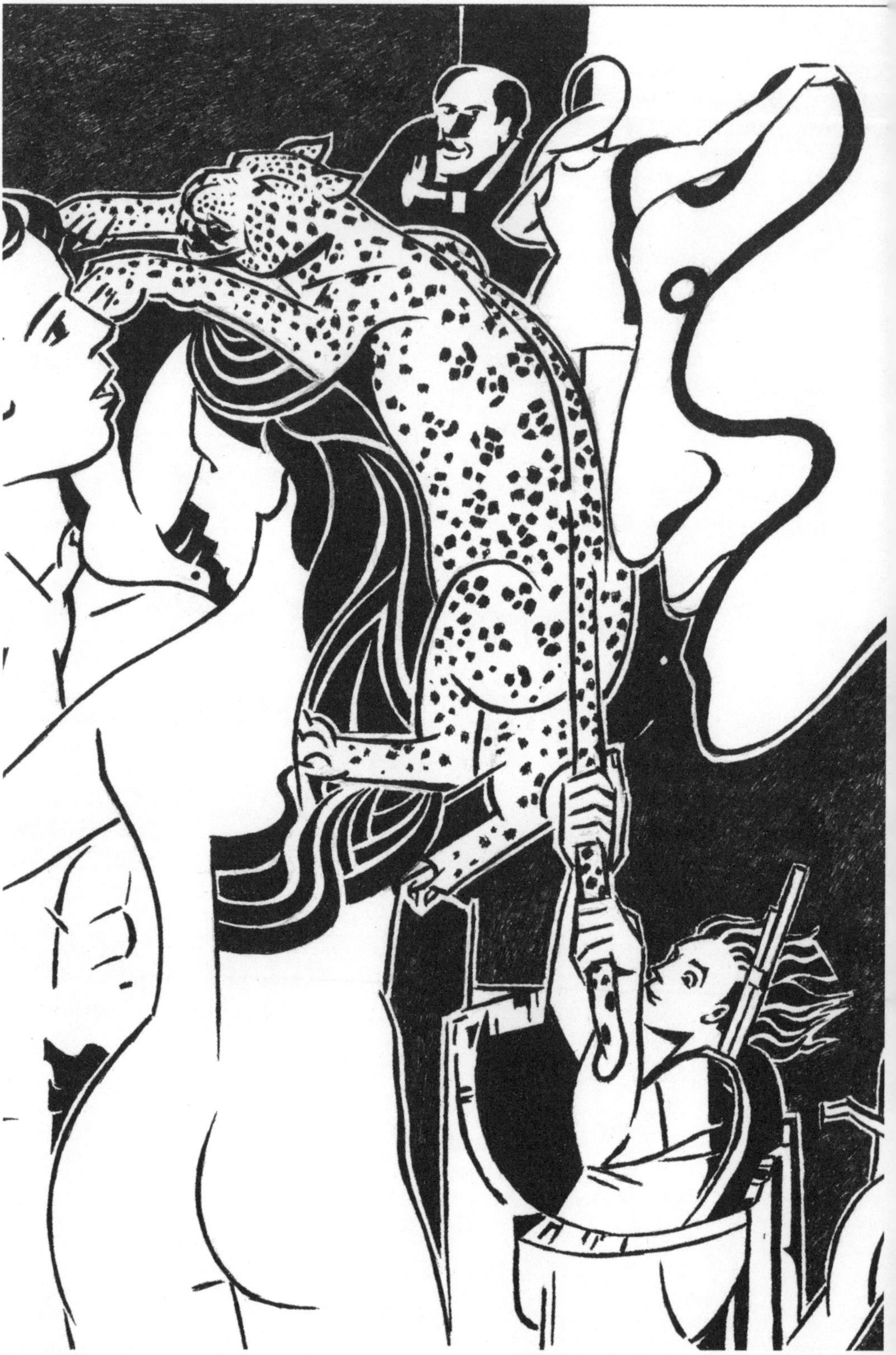

São 12 os contos não classificados, embora não seja difícil enquadrá-los de acordo com a abordagem temática presente. *A sogra perversa* é um misto de conto exemplar com história de assombração. Há um folheto de cordel, de Antônio Teodoro dos Santos, *A sogra maldita*, publicado pela editora Prelúdio na década de 1950, certamente estruturado a partir da tradição oral. A informante, Alaíde Maria Fernandes, minha avó materna, nascida em 1928, desconhecia o folheto e disse ter ouvido a história na infância.

Adão e Eva é a versão popular, plena de jocosidade e com informações etiológicas, do relato bíblico da criação contido no *Gênesis*: como surgiu o pomo de Adão, o gorgomilo; a origem da agricultura e do extrativismo vegetal; por que enterramos os mortos... Nair Lacerda recolheu no interior de São Paulo *As promessas de Adão*, com todos os elementos de nosso conto. Teófilo Braga registrou a versão de Tentúgal, sem o episódio do "fruto da perdiçao", mas com o acordo entre o homem e a terra: "— Só lhe darei de comer se o homem me tornar o que recebe de mim."[31]

Os demais exemplares comprovam a variedade. Temos uma história realista (*O ingrato*), duas facécias (*O negociante*, *O caçador*), um conto religioso com matizes sobrenaturais (*A mendiga*). Chama a atenção, porém, uma história híbrida (*O bicho Tuê e o grilo*). Nesta, aparece o motivo inicial do conto-tipo *A bela e a fera*. A seguir, tem início uma perseguição que só terminará na venda do grilo, o herói improvável da história. Silva Campos registrou dois exemplares do Recôncavo baiano: *O bicho de fogo* (XLI) e *Dom Maracujá* (XLII). Na primeira, há o motivo do "voto de Idomeneu" e o grilo, sapateiro de ofício, dá cabo do vilão. Na segunda, é um sapateiro de verdade (o animal fica subtendido). Apenas no segundo, há a cantiga do perseguidor:

"Matei tigre matei onça,
Eu sou Dom Maracujá!
Matei leão, matei serpente.
Eu sou Dom Maracujá![32]

---

31. *Contos tradicionais do povo português*, v.1, p. 368.

32. Op. cit. p. 252.

O folclore angolano, notadamente o quimbundo, é rico em fábulas, como *O leopardo, o antílope e o macaco,* em que o animal mais forte, via de regra, sucumbe à astúcia do mais fraco. O leopardo, por meio de ardis e trapaças, faz com que o antílope (seu neto no conto) seja morto por seu sogro e hospedeiro. O esperto macaco burlará o feroz leopardo empurrando-o num balde cheio de sangue de cabras abatidas por este.[33] No Brasil, a onça substitui o leopardo, enfrentando, o coelho, o macaco, o jabuti, o sapo, etc. e perdendo sempre. Caso deste *O macaco, o vaqueiro e a onça,* conto de grande difusão, reclamando, por isto mesmo, sua inclusão no catálogo internacional do *folktale.*

Não poderia faltar, também, uma fábula de humor negro, *O gavião e o urubu,* contada por Dé Pajeú, poeta e artesão pernambucano. Silva Campos, na região lindeira do Piauí com o Maranhão, colheu interessante versão com o mesmo título (LXXX), em que o infortunado gavião perde a vida ao tentar alimentar o urubu, a quem considera amigo.

Ecos da *Odisseia* permeiam os versos finais de *Dona Infanta* (também conhecido como *Bela Infanta*), romance velho que aparece neste florilégio sob o título *O homem que foi para a guerra,* em versão prosificada. É vasta a bibliografia portuguesa documentada por Câmara Cascudo em suas anotações aos *Cantos populares do Brasil,* de Silvio Romero. Almeida Garret, que coligiu o romance, atribui a sua origem às guerras das Cruzadas, por conta das expressões "terra sagrada", "na ponta de sua lança/ a cruz de Cristo levava" etc.[34] As senhas ardilosas do marido, testando a fidelidade da esposa, no entanto, parecem remeter mesmo aos tempos homéricos, e demonstram cabalmente tratarem-se os personagens de avatares de Ulisses e Penélope.

Caveira, quem te matou? — penúltimo conto de nossa antologia — tornou-se expressão proverbial, dirigida, como chiste, às pessoas que não conseguem "segurar a língua". É um conto africano, com versões divulgadas por Leo Frobenius, *O crânio falante* (colhida entre os nupes), e Héli Chatelain, *O rapaz e o crânio,* (do rico folclore quimbundo).

Fecha esta amostra da pujança da tradição oral do Brasil o conto *A Mãe d'àgua do São Francisco,* colhido em Serra do Ramalho (BA) por Lucélia Pardim, que a ouviu de sua bisavó Maria Magalhães Borges, nome familiar desta coletânea. Câmara Cascudo registrou em Natal

---

33. Veja-se *Contos populares de Angola*: folclore quimbundo, págs. 51-61, organizado por J. Viale Moutinho, a partir das pesquisas do missionário Héli Chatelain no país africano.

34. LIMA, Jackson da Silva. Op. cit., p.38.

(RN) *O marido da Mãe d'Água*, ouvido do pescador Antônio Alves, no qual o pacto, como no nosso conto, é rompido pela violação da promessa feita pelo cônjuge de nunca arrenegar da gente da água. Na Europa, a tradição do casamento sobrenatural alimenta a lenda de Melusina, viva durante muito tempo na tradição oral do oeste da França. Mas a popularização definitiva veio no século XV, quando Jean d'Arras deu forma literária à lenda, abaixo resumida.

    O conde Aymery de Poitiers, suserano de Basse-Marche, perseguia um monstruoso javali, auxiliado por seu sobrinho Raymondin, na floresta de Colombier. Os dois acabam se separando. Quando reencontra o tio, Raymondin percebe que ele está sendo atacado pelo javali. Atira a lança, matando a fera e o tio ao mesmo tempo. Desolado, sai sem destino até que, ao romper da aurora, se encontra em frente à Fonte das Fadas, onde uma donzela de grande beleza estava à sua espera. Ela lhe explica que, por ter sido um acidente, ele não pode ser acusado e nem tem culpa pela morte do tio. Em seguida, propõe um pacto, unindo as duas descendências. Ao temor do jovem, Melusina, a fada, teria respondido: "Eu sou da parte de Deus". Vieram os filhos, marcados por sinais indicadores da sua dupla origem — um olho fora do lugar, uma orelha muito grande etc. De sábado a domingo, no entanto, a esposa ia em direção a uma torre. Seu marido, agora conde de Lusignan, prometera não segui-la, mas, tomado pela curiosidade, não cumpre a promessa. Na torre, ele a surpreende ao lado de uma moça nua que lhe trançava os cabelos. Percebe, apavorado, que o corpo da esposa terminava numa cauda cheia de escamas que se enroscava entre os nenúfares. Apavorado, o conde se benze e a mulher, por conta da violação, após soltar um grito de dor, lança-se da janela, agora transformada numa serpente alada. Mesmo não reaparecendo mais, tornar-se-á a protetora da casa de Lusignan, que cumpriria um destino glorioso na história francesa. Em diferentes épocas o mito será enfocado por Rabelais, Nerval, Peladan e André Breton.

    No conto *O marido da Mãe d'Água* há uma similaridade: no momento do encontro, ao ser instada se era uma alma penada, a Ondina responde: "— Não sou alma penada, cristão! Sou a Mãe d'Água!" — repetindo a Melusina da tradição francesa, que dizia ser "da parte de Deus". Câmara Cascudo cita dois episódios colhidos por João da Silva Campos, "com visível coloração negra". Na verdade, são três, se incluirmos o conto *A caça do mundé* (LXII). Um caçador toma posse de uma roça abandonada e apanha no mundé uma moça que, em troca da liberdade, convida-o a viver em sua casa, impondo-lhe uma condição: nunca alegar que ela fora caçada num mundé. O homem passa a viver num castelo, mas, tornando-se soberbo, esquece-se da promessa e, depois de esperar mais do que o normal, pelo jantar, profere a frase fatal: "— Você bem mostra que foi caça no meu mundé..." — e a esposa, que só esperava que ele dissesse isso, desaparece, e com ela todo o esplendor. O homem reaparecerá no mesmo lugar do início da história, com sua espingarda, seus apetrechos de caça. Joseph Campbell, em *O herói de mil faces*, cita as mulheres selvagens, seres peludos que habitam cavernas nas montanhas da Rússia e são muito temidos pelos camponeses. "Gostam de dançar ou fazer cócegas, até levar à morte as pessoas que caminham sozinhas pela floresta." Ainda segundo Campbell, "muitas já se casaram com jovens camponeses, e, pelo que se diz, são excelentes esposas. Mas, como todas as noivas sobrenaturais, no momento em que o marido faz a mínima ofensa às suas noções extravagantes do comportamento conjugal adequado, elas desaparecem sem deixar vestígios".[35]

No Japão, Yuki-onna é a personificação do inverno, num dos contos do *Kwaidan*, de Lafcadio Hearn. Eis um resumo do conto, a título de comparação: os lenhadores Minokichi e Musaku, numa noite de tempestade, encontram abrigo numa cabana. O velho Musaku é morto por Yuki-onna, enquanto Minokichi é poupado, entre outros motivos, por ser ainda bem jovem. Não sem a advertência de que jamais deverá falar a ninguém sobre o encontro. Tempos depois, ele conhece uma jovem de pele muito alva, a quem esposa e de quem tem dez filhos. Uma noite, ao olhá-la costurando, ele relembra o dia fatídico em que conhecera Yuki-onna. Revelado o segredo, a mulher mostra-se a Minokichi em seu aspecto mais assustador, todavia, por amor aos filhos, não cumpre a promessa. E, fundindo-se com o brilho da bruma branca, desaparece, não sendo mais vista por ele.

Em Portugal lendas heráldicas como a da Dama Pé de Cabra e a da origem da família Marinho pertencem à mesma categoria de histórias.

Nihil novi.

---

35. CAMPBELL, Joseph. *O herói de mil faces*, p. 83.

59. A sogra perversa

Antigamente, existiu um casal que era muito feliz, e só não era mais feliz porque a sogra tinha muito ciúme do filho com a nora e ficava *astuciando* um jeito de prejudicá-la. Nem dá para contar as vezes que ela fuxicava com o rapaz, dizendo que sua mulher tinha *rabicho* com outro homem. Por azar, o serviço dele era de vender coisas, ambulante, e, por isso, se ausentava muito. Na volta, repetia-se sempre a mesma história: a sua mulher era maltratada pela língua ferina da velha. Mas ele confiava na esposa e a mãe, por não conseguir o seu intento, se remoía de raiva. E, numa destas voltas, a malvada arrumou um jeito de se livrar da nora de uma vez e, chamando o filho em sua casa, lhe preveniu:

— Amanhã você finge que viaja, mas fica escondido. Por volta das nove horas, o amante de sua mulher vai visitá-la. Se for verdade o que eu digo, você terá motivo para "lavar a honra".

Mesmo sem dar muito crédito, o filho aceitou fazer o que a mãe dizia para tirar a história em pratos limpos e também para a velha sossegar o facho. Como a casa ficava num lugar retirado, o rapaz se escondeu atrás dum arvoredo próximo à janela para esperar o desfecho. Qual não foi a sua surpresa quando, por volta das nove da noite, um vulto de desconhecido tomava o rumo do casebre em que ele vivia com a mulher. O vulto trajava calças, camisa de manga comprida e usava um chapéu. Cego de raiva, o rapaz abriu a mala de viagem, tirou uma arma e disparou um tiro certeiro. O desconhecido tombou sem vida, com um balaço no coração. Logo após, o marido meteu o pé na porta e foi vingar a traição que, imaginava ele, a mulher lhe havia feito. Quando engatilhou a arma, ela ainda teve força de perguntar a razão daquele destempero. O homem apontou para o corpo do "amante" que jazia lá fora.

— Antes de me matar — disse a infeliz, — veja quem foi o homem que morreu, pois eu juro por Deus que sou inocente!

O homem arrastou a mulher para fora e, lá, tentou reconhecer o cadáver, que estava de bruços. Quando tirou o chapéu, viu surgirem, ensopados de sangue, os cabelos brancos de sua mãe. Logo compreendeu a cilada: ela se vestira de homem para enganá-lo, obrigando-o a, em nome da honra, matar a esposa. O feitiço, porém, se voltou contra o feiticeiro.

O tempo passou e chegaram àquele local ermo umas Santas Missões para que as obrigações com a Igreja fossem postas em dia. Na primeira noite das missões, a mulher estava na janela, quando viu surgir uma pombinha branca, que veio pousar perto dela. A mulher não estranhou, mas tomou um grande susto quando ouviu a pombinha falar:

— Minha nora, venho de longe pedir o seu perdão.

Era a sogra, cuja alma voltava na forma de uma pomba. Mas a mulher, que não esquecera a desfeita, respondeu:

— Não perdoo de jeito nenhum! — e a pomba desapareceu.

Na segunda noite das missões, apareceu a mesma pombinha, só que uma parte da penugem e do bico estava enegrecida.

— Minha nora, venho de longe pedir o seu perdão (a voz já não parecia humana, embora lembrasse a da velha que, em vida, fora tão perversa).

Porém, novamente, a resposta foi dura e rancorosa:

— Já disse que não perdoo! — e a alma penada, lamentando-se, desapareceu sem deixar vestígios.

Na terceira e última noite, a lua cheia iluminava o casebre. A mulher, como sempre, estava debruçada na janela, quando viu pousar perto dela um urubu repelente, negro como a noite mais escura, anunciando que a alma da sogra já se achava em frente aos portões do inferno. Ela ouviu do monstro, numa voz que já não era de gente, a seguinte súplica:

— Minha nora, venho de mais longe ainda para pedir o teu perdão.

Mas a mulher mais uma vez disse "não!". Nesse momento, o chão se abriu e de dentro saíram enormes labaredas. Quando se fechou, tanto a mulher quanto o urubu tinha desaparecido. No lugar, durante muito tempo, o cheiro de enxofre denunciava a presença do demônio e a punição das duas almas que, uma por traição, outra por orgulho, sucumbiram aos tormentos infernais.

Alaíde Maria Fernandes,
Igaporã, Bahia.

60. Adão e Eva

    Quando Deus criou o mundo, fez também um casal chamado Adão e Eva. Depois, o Criador deu uma fazenda para eles tomarem conta, mas alertou que não comessem o fruto do marmeleiro, pois era o do pecado. Adão, guloso que só ele, não resistiu e arrancou o fruto. Quando ia pondo na boca, Eva viu e correu em sua direção, para tomar para ela. Acontece que Adão já havia posto na boca e quando ia engolir, a mulher segurou-o pela garganta, impedindo a digestão. O fruto não subiu nem desceu, ficou enganchado, e virou esse nó que, desde então, todo homem tem na goela.

    Como o pecado foi cometido, Deus disse a Adão que daquele momento em diante, como castigo, ele teria de trabalhar para viver. E Adão pegou a enxada e foi cultivar a terra. Só que quando ele batia a enxada, a terra gemia. Resolveu pegar um machado e foi cortar uma árvore para tirar lenha. Mas, assim que batia o machado, o sangue escorria do corte.

    Adão, apavorado, foi consultar o Criador, que o aconselhou a falar com a terra para se acalmar; tudo aquilo que a terra criasse, ela própria se encarregaria de comer. Adão foi e fez como Deus recomendara e, a partir daquele dia, não houve mais choro nem gemido.

    Assim, o homem nasce, cresce, comendo tudo o que a terra produz; depois é comido por ela em paga do benefício. Foi assim que a terra deixou de ser virgem.

Isaulite Fernandes Farias *(Tia Lili),*
Igaporã, Bahia.

61. O Ingrato

Essa história é do tempo em que muitos andarilhos percorriam longas distâncias com um surrão nas costas. Um desses andejos parou numa casa onde a mulher cuidava da comida enquanto aguardava o marido, que trabalhava na roça. O homem pediu um pouco de comida, mas disse que não podia esperar muito. A mulher, compadecida, foi fritar uns ovos e, quando trouxe o prato, nem sinal do pedinte. Havia exalado. Ela foi até o canto da cerca, gritou, gritou, mas... nada. Voltou triste imaginando como alguém que estava com tanta fome não podia esperar alguns minutos. Na hora do almoço, contou o caso ao marido, que também ficou partido de pena. Depois, ele voltou para a roça, retornando no fim da tarde.

À noite foram deitar, ainda pensando no caso do andarilho apressado. Assim que apagaram o fifó do candeeiro ouviram um grande baque: quando a mulher se deu conta, estava diante dela o andarilho. O seu marido jazia ao lado, cravado por um punhal, que furou até o colchão. Em vez de ir embora, o bandido havia passado o resto do dia escondido embaixo da cama esperando o melhor momento para fazer perversidade. Como a mulher chorasse muito, ele gritou para calar-se, emendando:

— Seu marido agora sou eu! Arrume as coisas, que vamos embora daqui...

Morta de medo, ela arrumou uma trouxinha e seguiu o assassino. No caminho, ela astuciou e exclamou bem alto:

— Louvado seja Deus! Meu marido possuía tanta riqueza e eu vou-me embora levando essa trouxinha de roupa apenas.

Aquilo aguçou a curiosidade do criminoso:

— Uai! Seu marido tinha dinheiro?

— Tinha. E era muito.

— Então vá pegar.

— Eu, não. Tenho medo de gente morta! Mas o dinheiro está no meio da roupa.

O ladrão foi, ele mesmo, procurar o dinheiro.

— Onde está esse dinheiro, que eu não encontro?

Ela apontou o outro lado e, notando o ladrão entretido, passou a mão na chave e o trancou no quarto. Fez isto e saiu alarmando, chamando os irmãos, que moravam perto, para socorrê-la. Era o tempo em que todo homem andava armado. E, de armas em punho, eles romperam para a casa da irmã, onde viram o bandido apontando a cabeça na cumeeira, pronto para escapulir.

Ele tinha arremessado o defunto no chão e feito da cama uma escada. Os rapazes *falaram o dedo* e acertaram vários tiros no ladrão, que tombou sem vida. No quarto, viram o cunhado morto, numa poça de sangue. Mandaram, então, sepultá-lo com todas as honras. Quanto ao ladrão, fizeram uma coivara e tocaram fogo. A mulher, que era casada havia pouco tempo, voltou para a casa dos pais.

Isaulite Fernandes Farias (Tia Lili),
Igaporã, Bahia.

62. O negociante

Certa feita, um viajante achou de ser negociante. Comprou um pacote de fita e, no caminho, cruzou com uma velhinha acompanhada duma mulher *moderna*. Foi a esta que o viajante fez a oferta:

— Quer comprar fita, moça?

— Compro. Quanto é o metro?

O safado mediu onze metros, embrulhou e entregou para a moça dizendo:

— Cada metro custa um beijo.

A moça pegou o pacote, pôs debaixo do braço e falou:

— Obrigada. Pague o homem, vovó.

A vovó queria "pagá-lo" de qualquer jeito, mas o homem se negou a receber o "pagamento" e nunca mais quis saber de negociar, principalmente com fita.

Iraci Fonseca Fernandes,
Igaporã, Bahia.

63. O caçador

Certa vez, um homem foi *no* mato caçar. Não havia abatido caça alguma e, na mata fechada, avistou um pau bem comprido com um oco enorme. Por curiosidade, se meteu lá dentro, mas, para azar seu, moravam ali vários filhotes de onça. O caçador ficou entretido com os *gatinho*s e demorou muito a sair dali; demorou tanto que a onça resolveu aparecer para cuidar dos filhotes.

Quando a fera começou a descer pelo oco, de costas, o caçador, vendo-se perdido, agarrou com força o seu rabo. A onça tomou um susto tão grande que deu um pinote, sempre com o caçador agarrado ao rabo. Com o pulo, o homem conseguiu sair do buraco e a onça, muito assustada, entrou correndo na toca para proteger as crias, sem se dar conta de que um estranho estivera ali havia pouco.

E tenha certeza de uma coisa: foi a sorte dele!

Maria Helena Fogaça,
Igaporã, Bahia.

64. A mendiga

Contam os mais velhos que, há muito tempo, numa fazenda, vivia um homem muito avarento, que não dava esmola para ninguém. Certo dia, escutando batidas na porta da frente, ele foi atender e encontrou uma mendiga quase morta de fome, implorando por um prato de comida. O bruto não só lhe negou a comida como também a expulsou da fazenda com xingamentos e ameaças. A pobrezinha, não tendo outro jeito, rompeu; mas estava tão fraca que não conseguiu andar muito e, um pouco adiante, acabou caindo para não mais se levantar.

Pouco depois de ela ter saído, o fazendeiro foi tocado pelo remorso e resolveu procurá-la. Adiante a encontrou morta. Arrependido, providenciou mortalha e caixão e a pedinte foi enterrada no mesmo local em que morrera.

No outro dia, cedinho, o fazendeiro ouviu algo semelhante a batidas na porta. Ao sair, ele deparou com um quadro assustador: estavam na sua frente a mortalha e o caixão com que a morta havia sido sepultada. Entendeu, mesmo tarde, que ela precisava mesmo era de um prato de comida e tudo o mais, agora, lhe era inútil.

E ainda há hoje gente que nega o valor da caridade!

Joana Batista Rocha Ramos,
Igaporã, Bahia.

65. O Bicho Tuê e o grilo

Uma vez, um casal bem pobre, que morava na mata, esperava um filho. Mas o casal estava muito precisado, sem provimentos, e o marido acalmou a mulher dizendo que ia dar um jeito. Ele foi pra mata e começou a lamentar a sua sorte, pois não achou nada para caçar. De repente, ouviu uma voz:
— Seu moço, por que está tão aflito?
O homem respondeu:
— Minha mulher está grávida e não temos conforto nenhum; a lavoura foi ruim e até as caças são escassas.
A voz respondeu-lhe:
— Eu posso lhe ajudar, se o senhor me prometer que, se seu *filho* for uma menina, o senhor vai dar pra mim.
O homem ficou assustado, mas pensou que podia ser homem.
— Eu prometo.
Nesse momento, surgiu diante dele um veado bem gordo e muitas outras caças abatidas. O homem ficou tão alegre que esqueceu do que havia prometido. Chegou a casa, a mulher preparou a caça e comeu. Sempre que ela precisava de uma coisa, a voz dava ao marido. Os meses se passaram e a barriga da mulher só crescia. Quando estava próximo do parto, a voz disse ao marido que no dia seguinte estaria tudo preparado para a chegada do neném.
No outro dia, o homem viu o jirau (cama) todo feito da melhor madeira, com um colchão de capim bem fofo na porta da casa, e mais umas caças para eles se alimentarem por mais de mês. O casal se pôs a pensar como seria se o seu *filho* fosse uma menina. No dia do parto, a mulher teve uma menina. O marido, feliz e triste ao mesmo tempo, disse à mulher:
— De que adiantou o nosso sustento todos esses meses? Em troca vamos ficar sem nossa filha!
Ela lhe pediu que dissesse à voz que a menina precisava dos cuidados e também do leite da mãe. O homem se encontrou com a voz no

mato e disse o que a mulher lhe recomendara. A voz aceitou e continuou alimentando a família com muita fartura. O tempo foi passando, a menina crescendo, crescendo; e toda vez que a voz cobrava do homem, a mulher inventava uma desculpa. Até que a menina ficou moça e o dono da voz resolveu aparecer: era um monstro enorme. O bicho falou:

— Trato é trato. Eu quero a menina pra casar comigo!

A mulher disse ao marido para pedir a ele que viesse no outro dia. Nessa mesma noite, arrumaram o que puderam, e puseram o pé na estrada. Corriam que nem uns condenados.

Quando o bicho chegou e não viu ninguém, farejou a direção que tomaram e foi atrás. Cada passada do bicho dava mais de metro! Quando a família alcançou a primeira cidade, mal deu tempo de chegar *numa* pousada, pois já se ouviam os estrondos; tudo balançava e o bicho cantava:

— *Tuê, tuê, pro fim do mundo*
que tu fores, eu vou te pegar,
eu vou te comer...

Aí eles recomeçavam a correr, e corriam, corriam... Mas, em todo lugar a que chegavam, não dava tempo nem de descansar, pois o bicho já chegava atrás devorando tudo e cantando:

— *Tuê, tuê, pro fim do mundo*
que tu fores, eu vou te pegar,
eu vou te comer...

Depois de muitos meses nessa vida, chegaram *numa* cidade e entraram numa venda. O homem gritou desesperado:

— Ô de casa!

Um grilo, que estava no balcão, respondeu:

— Ô de fora!

O homem, desesperado, disse ao grilo:

— Vai chamar o dono da venda, que eu estou apressado e em apuros!

— O dono da venda sou eu; pode falar!

O homem, já nervoso, disse que estava falando sério e que queria ver o dono da venda. O grilo lhe assegurou que o dono era ele.

O homem disse:

— Danou-se! Em todo lugar que a gente chegava, as pessoas davam cobertura para fugir do bicho, e agora, com um grilo, está tudo perdido!

— Pode ficar tranquilo — disse o grilo —, que eu vou dar um fim nesse bicho. Mas, se eu vencê-lo, o senhor me dá a sua filha em casamento?

O homem, ainda duvidoso, disse:

— Já que não tem jeito, é melhor ser mulher de um grilo do que ser comida por um monstro.

O grilo pediu que entrassem e se escondessem. Nisso, já se ouvia o turro do bicho:

> — *Tuê, tuê, pro fim do mundo*
> *que tu fores, eu vou te pegar,*
> *eu vou te comer...*

Quando o bicho chegou perto da porta da venda do grilo, tudo estremecia. O bicho partiu pra dentro quando, de repente, ouviu uma voz fininha:

— Onde é que você vai entrando sem pedir licença?

O bicho percebeu o grilo no balcão, e perguntou:

— Cadê a família que entrou aqui?

O grilo, amolando o *canivete*, respondeu:

— Aqui não entrou ninguém.

O bicho garantiu que sim, pois ele tinha farejado, mas o grilo teimava que não. Nisso, o bicho, zangado, disse:

— Como eu fico aqui perdendo tempo com esse grilo fracote, que está querendo me enrolar?! — e passou a mão no grilo e o engoliu.

Lá dentro de casa, a família já estava vendo o seu fim, quando o monstro deu uma passada e caiu no chão com a barriga aberta pelo grilo, que saiu todo *enlameado*. E o danado ainda disse ao povo, que estava com a boca aberta de susto e de admiração:

— Ande logo, me dê uma bacia de água pra eu me lavar, que acabei de sair de um fato podre!

Depois do banho, o grilo estava pronto para o casamento. A mãe da moça disse que, como estava fugindo daquele bicho, não tinha nada para o casamento. O grilo deu um dinheiro para a mulher:

— Pode ir comprar o enxoval, pois o que não me falta é dinheiro!

— e ficou esperando a família ir comprar o enxoval, preparou festa, chamou o tocador, fez comida, mas nada de aparecer a noiva.

A família deu no pé, dizendo que tinha se livrado do bicho e não ia deixar a filha casar com um grilo. Dizem que, até hoje, quando o grilo canta, é chamado pela "noiva".

Maria Magalhães Borges (1926-2004),
Serra do Ramalho, Bahia.

66. O macaco, o vaqueiro e a onça

Era uma vez um macaco que ia para a casa de um vaqueiro, de quem era amigo. Na estrada, encontrou o tamanduá e logo o convidou a acompanhá-lo na visita. Antes, avisou que convidaria também a amiga onça.

O tamanduá sabia que a onça era malandra, por isso disse que não iria.

E o macaco seguiu viagem. Mais à frente encontrou a amiga onça, que não recusou o convite. Chegando lá, foram bem recebidos e, depois da ceia, foram se deitar. O macaco, que conhecia a má fama da onça, a alertou para não fazer besteira. Quando todos estavam dormindo, a onça foi, caladinha, ao curral e lá sangrou um monte de cabritos. Antes de comê-los, a malvada aparou o sangue em uma vasilha, que escondeu debaixo de sua cama. O macaco, muito esperto, trocou a vasilha de sangue por outra de água. Passaram-se alguns minutos, e a onça jogou a vasilha d'água no macaco, pensando ser de sangue. E o macaco jogou a outra na onça.

Quando amanheceu o dia, o dono da casa foi ao curral e descobriu o estrago. Foi logo à procura da onça e a viu lambuzada de sangue. Ela correu e se escondeu em um monte de palha, mas ele a seguiu pelo rastro de sangue e a encontrou. Então pôs fogo e a onça saiu desembestada na carreira. Desse dia em diante nunca mais viram a malvada.

Jesuína Pereira Magalhães,
Igaporá, Bahia.

67. O gavião e o urubu

O gavião resolveu visitar o urubu e achou-o desenxabido.
— O que houve, compadre urubu? Que cara de fome é essa?
— E não é, compadre?! Estou sem comer há dias...
— Ora, mas isso não é problema. Tem muita caça por aí.
— Mas, compadre gavião, eu só como carne de bicho morto.
— Ôxe! Vou dar um jeito agorinha mesmo. Fique aí, que eu já volto!
— Acho melhor não ir atrás de problema, compadre!

O gavião não quis nem saber de mais w e danou-se atrás de uma pomba. Vira daqui, vira dali, e a pomba tentando escapar. Até que, por azar, o gavião errou o bote e acabou espetado na ponta de um pau. Debatendo-se, numa agonia danada, ele suplicou:
— Compadre urubu, me tire daqui! Estou nessa por sua causa!

O urubu, muito tranquilo, respondeu:
— Calma, compadre. Pra que tanta pressa?! Fique aí mesmo!

*José Sales de Freitas (**Dé Pajeú**), São Paulo (SP).*
Procedência: Exu, Pernambuco.

68. O homem que foi para a guerra

No tempo dos cativos, vivia um homem muito rico, casado com uma mulher virtuosa, como igual não podia haver. O casal tinha uma única filha com idade de dois anos. Um dia, ele foi convocado para lutar numa guerra. A mulher implorou para ele não ir, pois sabia-se quando as guerras começavam, mas não quando acabavam. Não houve jeito. Antes de partir, ele pegou dois anéis de ouro de sete pedras cada um, e disse à esposa:

— Guarde bem esse anel — e pôs o seu no dedo.

Chegando ao local da guerra, ele foi *trabalhar* a favor do seu rei. Os anos se passaram. Todo dia, a mulher ia até o porto, sempre acompanhada dos criados e da filha, para ver os navios que partiam e chegavam de outros países. Sua esperança era que o marido estivesse num desses navios. Mas qual!

— Ah, seu pai não veio — dizia, decepcionada, mas esperançosa.

No dia em que a menina fez dezoito anos, a mãe convidou:

— Chegou outro navio. Vamos ver se seu pai está nele.

Quando os marinheiros desceram, ela viu um homem que a encarava, e resolveu perguntar a ele:

— Bom-dia! O senhor dá notícia de Dezoitozinho? — esse era o nome do homem.

— Dou. Ele foi para a guerra.

— Disso eu sei! E como ele vai passando por lá?

— A última vez que o vi, ele tinha dezoito sinais. O mais *pequititinho* era de pescoço cortado!

— Então morreu! — disse a mulher.

— Quando eu vi, não tinha morrido ainda! Onde a senhora mora?

— Aqui perto. Por quanto o senhor traz *ele* aqui?

— Eu não sei.

— Se o senhor o trouxer, terá prata e terá ouro que nem poderá contar.

— Eu não quero sua prata nem seu ouro, que tudo pertence a mim.

— Eu lhe dou um capital se trouxer *ele* aqui.

— Não quero sua prata, nem quero seu ouro. Quero seu corpinho jocoso para comigo dormir.

Ela, aí, ficou brava e ordenou:

— Vão, meus criados, com corda de piaçava, peguem dois cavalos brabos e amarrem esse atrevido! E ao redor de minha casa rodem com ele assim.

— Afastem pra lá, criados,
que tudo pertence a mim.
Senhora, se não te lembras
quando daqui eu saí,
dos anéis de sete pedras
que eu contigo parti?

Ela, então, perguntou:

— Se tu eras meu marido,
por que me fizeste assim?

— Fiz para experimentar
se tu eras firme a mim.
Apanha teu anel lá,
que o meu está aqui.

A mulher reconheceu o marido e ele abraçou a filha que deixara ainda criança. E os três foram viver felizes.

Maria Rosa Fróes,
Brumado, Bahia.

69. A Mãe d'Água do São Francisco

Essa é uma daquelas histórias contadas pelo povo que mora à beira das barrancas do rio São Francisco. Os barranqueiros da região, além de pescadores, plantam sempre uma lavourinha para as despesas de casa e para vender na feira, pois o peixe tem os tempos de fartura e os tempos de escassez.

Um rapaz, que era beiradeiro, resolveu plantar sua roça de melancia numa das ilhas do rio. Como foi num ano de muita chuva, produziu que era uma beleza! Depois que as melancias estavam boas de serem colhidas, porém, algo estranho aconteceu. Toda noite de lua cheia vinha alguém, ninguém sabe de onde, e fazia aquele arraso. O mais estranho é que o ladrão não deixava rastro. Era de dar pena. O rapaz pegou uma canoa e foi até a ilha atocaiar o ladrão misterioso. Alta noite, ele estava de sentinela, quando viu sair de dentro do rio uma criatura que, de longe, lhe pareceu ser uma moça. Era de uma beleza que doía nos olhos. Ela foi chegando, quebrando a melancia e comendo o miolo; depois outra, outra e mais outra. Pegou mais algumas e atirou-as no rio.

O rapaz foi, com toda cautela, pé ante pé, e jogou a rede de pescar na direção da moça. Ela tentou se livrar, mas, quem disse! Quando viu que não se livrava, a moça, que era a Mãe d'Água do São Francisco, pediu-lhe:

— Se você me soltar, eu nunca mais venho roubar suas melancias.

Ele pensou em soltá-la, mas teve medo que ela escapulisse. A moça, olhando-o com cara de choro, rogou-lhe novamente:

— Se me soltar, eu serei sua esposa!

O homem concordou, mas ela impôs-lhe uma condição:

— Eu me caso, mas peço que você nunca arrenegue do povo do rio.

Ele, aí, não teve outra saída senão aceitar, pois, como eu disse, a moça era bonita demais.

Depois que se casaram, a vida do moço mudou, e para melhor. Logo estava morando numa casa grande, com criadagem e criação de todo bicho domesticado. Na roça produzia-se de tudo. O homem tornara-se rico. O casal também tinha muitos filhos, de vários tamanhos. Durante muito tempo, a felicidade reinaria naquela casa.

Passou o tempo e a Mãe d'Água foi sentindo a saudade apertar, pois nunca mais tinha voltado para o fundo do rio, onde seu povo vivia. A saudade era maior nas noites de lua cheia. Nessas ocasiões, ela deixava de lado as tarefas de casa, e ficava o tempo todo cantando uma canção numa língua que nenhum cristão entendia. Mas a canção era muito triste, pois os olhos dela se enchiam de lágrimas. Assim, pouco a pouco, a paz foi desaparecendo daquela casa. Os criados não se entendiam, os filhos do casal não se alimentavam direito, e a criação sofria com a falta da comida e da água. O marido se inquietava, mas mantinha a postura, temendo pelo pior. Mas um dia, quando os filhos choravam com fome, sem que a mulher mostrasse qualquer preocupação, ele estourou e gritou:

— Bem feito para mim! Quem mandou ir caçar caso com esse povo do rio!

Boca, por que disse isso! Na mesma hora, ele percebeu a besteira que fizera, mas não teve como consertá-la. A mulher, sorrindo, levantou-se e saiu na direção do rio, sem nem olhar para trás. O pobre, desesperado, clamava:

— Volte, mulher, pois eu a amo!

Qual! Ela seguiu, impassível, rumo à barranca, desceu, até ser totalmente encoberta pelo São Francisco. Um a um, os filhos a acompanharam. Os criados fizeram o mesmo. Em seguida, os bichos que eles criavam. Do gado às galinhas, tudo seguia para o rio, parecia uma procissão. Por último, as plantações, a madeira das cercas e até a casa se deslocaram, como se tivessem pernas, em direção ao rio.

O homem, vendo que não havia outro jeito, com o tempo foi se conformando. Mas nunca mais ele viu a Mãe d'Água.

Lucélia Borges Pardim, São Paulo-SP.
Proveniência: Serra do Ramalho, Bahia

70. Caveira, quem te matou?

Um rapaz muito gaiato era mestre em contar mentiras, o que irritava muita gente. Por causa disso, tinha muitos desafetos. Uma tarde, quando voltava da lida na roça, avistou, fincada num pau, uma caveira. Achou de mexer com o que não devia e perguntou:

— Caveira, quem te matou?

Uma voz roufenha respondeu:

— Foi a língua!

O rapaz olhou para um lado, para o outro, tentando descobrir quem lhe pregara a peça, e nada.

Por fim, criou coragem e perguntou novamente:

— Caveira, quem te matou?

— Eu já disse que foi a língua! — a caveira respondeu.

O moço ficou mudo de pavor. Quando recobrou a consciência, correu para a fazenda. O povo quis saber o motivo da gritaria e, vendo que era o mentiroso, imaginou ser mais uma patranha dele. Ninguém queria dar-lhe crédito, mas ele era insistente e sustentava uma história absurda:

— Eu vi uma caveira falante.

— E o que ela te disse? — perguntou outro moço.

— Disse que quem a matou foi a língua.

O grupo resolveu acompanhar o tagarela até o local, onde, de fato, encontraram uma caveira. O infeliz perguntou:

— Caveira, quem te matou?

Nada de resposta. Nova pergunta, e nada. O grupo, impaciente, acabou matando o rapaz, julgando que ele lhe pregara outra peça.

Depois, um dos rapazes do grupo perguntou à caveira:

— Responde, caveira, quem te matou.

Para espanto de todos, ela respondeu:

— Quem me matou foi a língua!

Lucélia Borges Pardim, São Paulo-SP.
Proveniência: Serra do Ramalho, Bahia

VOCABULÁRIO

Alto (*Presepadas de Camões*) – embriagado; bêbado.
Armada (*Camões e os bois do rei*) – Armadilha; cilada.
Arribação (*O preguiçoso*) – perturbação; alteração.
Arrodeio (*Os três conselhos sagrados*) – o caminho mais longo.
Avistas (*Toco Preto e Melancia*) – forma popular de alvíssaras. Boas notícias.
Berrou (*Maria Borralheira*) – embora o verbo *mugir* seja mais usado na linguagem culta, a forma *berrar* é mais aceita pelo povo. Daí vem berrante, instrumento de sopro feito de chifre bovino para reunir o gado. Daí também vem o dito popular "do boi só se perde o berro".
Bruacas – saco ou mala de couro usada em animais de carga para transporte de mercadorias.
Cão (*Presepadas de Camões*; *A mãe de São Pedro*; *O gato preto e a mulher maltratada*; *Com menino nem o Cão pode!*) – No Nordeste brasileiro, um dos nomes populares do Diabo, assim como *fute, condenado, calunga, peste, Capataz* (*A idade do Diabo*).
Coqueiro da Bahia – modalidade do repente nordestino oriunda do coco de embolada.
Coque (*Jesus e as duas mulheres*) – cascudo.
Curiar (*Maria Borralheira*; *O Diabo e o andarilho*) – espiar; bisbilhotar.
De bucho (*O príncipe Cavalinho*; *Angélica mais afortunada*) – grávida.
Flandeiro (*O gato preto e a mulher maltratada*) – fabricante de folhas de flandres; funileiro.
Freguês (*O Diabo e o andarilho*; *O urubu adivinhão*) – sujeito, indivíduo.
Fuá (*Presepadas de Camões*) – barulho; confusão.
Furar umas abelhas (*A onça e o macaco*; *A botina do amigo bode*) – extrair mel de uma colmeia.
Infusento (*O sapo boêmio*) – palavra com muitos sentidos: descuidado; malvado; bobo.
Latomia (*A fazenda assombrada*) – barulho; confusão.
Légua (*A Serpente Negra*; *A Moura Torta*) – unidade de medida que equivale a 6.660 metros.
Manga (*A Serpente Negra*) – pasto.
Matadura (*Jesus, São Pedro e o ladrão*) – ferimento causado no lombo de animais de carga pelo atrito com a sela.
Meota (*Bertoldo e o rei*) – grafa-se *meiota*. Meia garrafa de aguardente.

Moderna (*O negociante*) – jovem (no tocante à idade).
Mor de (*O galo aconselhador*) – por causa de. Locução prepositiva que caiu em desuso, mas continua a ser empregada no meio popular.
Olho de enxada (*O gato preto*) – orifício por onde se insere o cabo.
Orear (*A onça e o macaco*) – segurar.
Papa-hóstia (*Jesus e as duas mulheres*) – designação pejorativa de quem fica muito tempo na igreja, mas, na prática, não segue os ensinamentos desta.
Pareia (*O corcunda e o zambeta*) – forma popular de *parelha*, equivalente a amigo, camarada.
Parida de pouco (*O bem se paga com o bem*) – que acaba de dar à luz.
Peravelhinha – palavra que parece provir de Peravelha, antiga freguesia portuguesa do concelho de Moimenta da Beira.
Quengo (*O macaco e a velha*) – artimanha; esperteza.
Rabicho – envolvimento amoroso. Daí vem o verbo enrabichar (-se).
Rebanho (*A Serpente Negra*) – o coletivo rebanho (de garças) substitui bando no conto.
Retada (*O macaco e a onça*) – zangada; brava; irritada.
Reis (*A menina e o Velho do Surrão*; *O príncipe Cascavel*) ou Reisado – folguedo popular comemorado entre o Natal e o dia seis de janeiro, quando são festejados os três Reis Magos que, segundo a tradição cristã, levaram presentes ao Menino Jesus.
Rinchar (*A Serpente Negra*; *A fazenda assombrada*) – relinchar.
Rumou (*A Serpente Negra*) – atirou; jogou; arremessou (um objeto).
Sentinela (*O homem que tentou enganar a morte*) – velório.
Solar (*São Pedro tomando conta do tempo*) – verbo cujo significado, no texto, difere do tradicional (pôr solas (em calçados), funcionando como antônimo de chover.
Sombra (*A Moura Torta*) – reflexo.
Tirar tirão (*A onça e o macaco*) – divertir-se à custa de outro.
Treita (*A onça o coelho e o jacaré*) – treta; mentira.
Tocando o pandeiro (*O príncipe Cascavel*) – balançando o chocalho.
Tratar o fato (*Maria Borralheira*) – remover as impurezas do estômago para o preparo da buchada.
Vendendo azeite às canadas (*A princesa de chifres*) – bravo (a); irritado (a).
Virada no bicho (*A onça, o coelho e o jacaré*) – muito brava; zangada.

BIBLIOGRAFIA

AFANAS'EV, Aleksandr. *Contos de fadas russos*. Tradução de Dinah de Abreu Azevedo (três volumes). São Paulo: Landy, 2006.

ALCOFORADO, Doralice. *Belas e feras baianas*: um estudo do conto popular. Salvador: Fundação Pedro Calmon, 2008.

_____. *O conto mítico de Apuleio no imaginário baiano*. In: *Estudos em literatura popular*. João Pessoa: Editora Universitária/UFPB, 2004.

ALMEIDA, Renato. *A inteligência do folclore*. 2 ed. Rio de Janeiro: Ed. Americana; Brasília: INL, 1974.

ALMEIDA, Aluísio de. *Cinquenta contos populares de São Paulo*. São Paulo: Conselho Estadual de Cultura, 1969.

_____. *Contos do povo brasileiro*. Petrópolis (RJ): Vozes, 1949.

AMARAL, Amadeu. *Tradições populares*. São Paulo: Hucitec, 1976.

ARAUJO, Alceu Maynard. *Cultura popular brasileira*. 3. ed. São Paulo: Martins Fontes, 2007.

ASBJORNSEN, Peter Christen, MOE, Jorgen. *Contos populares noruegueses*. Tradução de Dinah de Abreu Azevedo. São Paulo: Landy, 2003.

BAHKTIN, Mikhail. *A cultura popular na Idade Média e no Renascimento*: o contexto de François Rabelais. 5. ed. Tradução de Yara Frateschi Vieira. São Paulo: Hucitec, Annablume, 2002.

BARROSO, Gustavo. *Através dos folklores*. São Paulo: Companhia Melhoramentos, sd.

BASILE, Giambatista. *O conto dos contos: Pentameron*. Tradução do napolitano, comentários e notas de Francisco Degani. São Paulo: Nova Alexandria, 2018.

BETTELHEIM, Bruno. *A psicanálise dos contos de fadas*. Tradução de Arlene Caetano. Rio de Janeiro: Paz e Terra, 1999.

BRAGA, Teófilo. *Contos tradicionais do povo português*. Lisboa, Portugal: Edições Dom Quixote, 2002.

BRANDÃO, Théo. *Seis contos populares do Brasil*. Maceió: MEC-SEC-Funarte, Instituto Nacional do Folclore, UFAL, 1982.

CALVINO, Ítalo. *Fábulas italianas*. Tradução de Nilson Moulin. São Paulo: Companhia das Letras, 1992.

CAMILLO, Yara Maria (seleção, tradução e prefácio). *Contos populares espanhóis*. São Paulo: Landy, 2005.

CAMPOS, João da Silva. *Contos e fábulas populares da Bahia*. In: MAGALHÃES, Basílio de. *O folclore no Brasil*. 3. ed. Rio de Janeiro: Edições O Cruzeiro, 1960.

CARDIGOS, Isabel David; CORREIA, Paulo Jorge. *Catálogo dos contos tradicionais portugueses* (com as versões análogas dos países lusófonos). Porto: Edições Afrontamento; Centro de Estudos Ataíde Oliveira (CEAO), 2015.

CARVALHO, Rodrigues de. *Cancioneiro do Norte*. Rio de Janeiro: Instituto Nacional do Livro, 1967.

CASCUDO, Luís da Câmara. *Contos tradicionais do Brasil*. 13. ed. São Paulo: Global, 2004.

_____. *Ensaios de etnografia brasileira*. Rio de Janeiro: INL, 1971

_____. *Geografia dos mitos brasileiros*. 2. ed. São Paulo: Global, 2002.

_____. *Superstição no Brasil*, São Paulo: Global, 2001.

_____. *Vaqueiros e cantadores*. Belo Horizonte: Itatiaia; São Paulo: Edusp, 1984.

COELHO, Adolfo. *Contos populares portugueses*. Portugal: Compendium, 1996.

CREANGA, Ion. *Contos populares da Romênia*. Tradução de Roberto das Neves. Rio de Janeiro: Germinal, 1969.

DUNDES, Alan. *Morfologia e estrutura do conto folclórico*. São Paulo: Perspectiva, 1996.

FERNANDES, Waldemar Iglesias. *82 estórias populares colhidas em Piracicaba*. São Paulo: Imprensa Oficial, 1971.

FERREIRA, Jerusa Pires. *Armadilhas da memória* (conto e poesia popular). Salvador: Fundação Casa de Jorge Amado, 1991.

FRANZ, Marie-Louise von. *A sombra e o mal nos contos de fadas*. Tradução de Maria Cristina Penteado Kujawski. São Paulo: Paulinas, 1985.

FROBENIUS, Leo; FOX, Douglas C. *A gênese africana*. Tradução de Dinah de Abreu Azevedo. São Paulo: Landy, 2005

GOMES, Lindolfo. *Contos populares brasileiros*. 3. ed. São Paulo: Melhoramentos, 1965.

GUIMARÃES, Ruth. *Calidoscópio*: a saga de Pedro Malazarte. São José dos Campos (SP): JAC Editora, 2006.

_____. *João Barandão e outras histórias*. São Paulo: Acatu, 2010.

_____. *Lendas e fábulas do Brasil*. São Paulo: Cultrix, 1967.

HAURÉLIO, Marco. *Contos folclóricos brasileiros*. Classificação e notas: Paulo Correia. São Paulo: Paulus, 2010.

HEARN, Lafcadio. *Kwaidan*: assombrações. Tradução: Francisco Handa. São Paulo: Claridade, 2007.

LACERDA, Nair. *Maravilhas do conto popular*. São Paulo: Cultrix, 1959.

LIMA, Jackson da Silva. *O folclore em Sergipe,* I: romanceiro. Rio de Janeiro: Cátedra; Brasília: INL, 1977.

LYRA, Carmen. *Cuentos de mi Tía Panchita*. San José, CR: Editorial Guayacán, 1998.

MELO, Veríssimo de. *O conto folclórico no Brasil*. Rio de Janeiro: Funarte, 1976.

MOUTINHO, J. Viale (org.). *Contos populares de Angola*: folclore quimbundo. São Paulo: Landy, 2006.

O cavalo mágico e outros contos do Oriente para crianças do Ocidente. Rio de Janeiro: Edições Dervish, 2001.

PEDROSO, Consiglieri. *Contos populares portugueses*. São Paulo: Landy, 2006.

PIMENTEL, Altimar. *Estórias de Luzia Tereza*. Brasília: Thesaurus, 1995.

_____. *Estórias do Diabo*. Brasília: Tesaurus, 1995.

PROPP, Vladimir. *As raízes históricas do conto maravilhoso*. 2. ed. Tradução de Rosemary Costhek Abílio. São Paulo: Martins Fontes, 2002.

_____. *Morfologia do conto maravilhoso*. Tradução de Jasna Paravich Sarhan. Rio de Janeiro: Forense Universitária, 2006.

ROMERO, Sílvio. *Contos populares do Brasil*. Belo Horizonte: Itatiaia, São Paulo: Edusp, 1985.

_____. *Folclore brasileiro. Cantos populares do Brasil*, Tomo II. Rio de Janeiro: José Olímpio, 1954.

SOUTO MAIOR, Mário. *Território da danação:* o Diabo na cultura popular do Nordeste. Rio de Janeiro: Livraria São José, 1975.

STRAPAROLA, Giovan Francesco. *Noites agradáveis*. Tradução de Renata Cordeiro. São Paulo: Princípio, 2007.

VARAZZE, Jacopo de. *Legenda áurea*: vida de santos. Tradução de Hilário Franco Júnior. São Paulo: Companhia das Letras, 2003.

XIDIEH, Oswaldo Elias. *Narrativas pias populares*. São Paulo: Instituto de Estudos Brasileiros – USP, 1967.

CLASSIFICAÇÃO E NOTAS

Uma das grandes vantagens dos contos de tradição oral ao serem classificados segundo normas universais é poderem facilmente ser comparados a outras versões existentes dentro de um país ou entre países diferentes.

Todos os contos desta coletânea foram classificados de acordo com o catálogo internacional ATU, com a exceção dos que nele não figuram, classificados com a ajuda de catálogos regionais. As letras que antecedem o número que classifica cada versão remetem para a bibliografia final onde são listados todos os catálogos utilizados.

As versões análogas às brasileiras desta coletânea provêm de todos os países lusófonos. Apesar de só serem indicadas por uma estatística numérica, esta é muito útil para nos dar uma ideia aproximada da disseminação desses tipos dentro desta área linguístico-cultural. Os catálogos do conto tradicional português e brasileiro, também referenciados na bibliografia final, são a fonte para todas as estatísticas apresentadas no item *versões*.

Esta recolha de contos é um pouco *sui generis* se a analisarmos à luz de todo o espectro visível da literatura oral tradicional. Considerando os contos classificáveis (58) encontramos na primeira metade do espectro (ATU 1 a ATU 1000) a quase totalidade dos contos: 10 de animais; 18 maravilhosos; 12 religiosos e 6 novelescos. Na segunda metade (ATU 1000 a ATU 2040) temos apenas: 3 do ogre estúpido; 7 facécias; 2 formulísticos. Entre os não classificáveis encontramos 12 contos em um total de 70. Salienta-se desde já uma forte tendência para os contos de *esperteza*, de *magia* ou de *exemplo*, o que é indício de uma sociedade com caráter marcadamente rural, em que a função educativa ou de controle social da oralidade dentro da comunidade é importante. É de notar que os contos nos quais se verificam mais influências africanas são os de animais. Dentro dos religiosos o ciclo de Cristo e São Pedro parece ser muito querido por parte dos contadores.

É pois muito bom disponibilizar ao leitor comum, mas também ao especialista, um pouco da alma do povo brasileiro, numa época em que já não há nem tempo, nem ocasião, nem memória para contar contos complexos à lareira como acontecia antes de entrarmos neste mundo globalizado e cheio de tecnologia no qual o paradigma é a rigidez da escrita e não a surpresa da oralidade.

Paulo Correia,
Faro, 17 de julho de 2007

O CAVALO E OS MACACOS
   Classificação: ATU 47 A (*A raposa vai agarrada à cauda do cavalo*)
   Versões: 14 portuguesas; 1 cabo-verdiana; 6 brasileiras (como AT 47 C)
   Nota: Este conto parece estar bem aclimatado em toda a área da América hispânica, desde a Argentina ao Novo México, inclusive entre as populações índias. A classificação proposta por Camarena e Chevalier pretende ressaltar a especificidade deste tipo, atribuindo-lhe um novo número: 47 F. Esta história também aparece noutros catálogos: Hansen 47*C; De-Te 47 A; Robe 157 *E; Robe**186. Esta versão brasileira integra-se pois na tradição da América do Sul, e não na europeia, onde as personagens são lobo, raposa e vaca.

O MACACO E A ONÇA
   Classificação: ATU 72 (*O coelho monta a raposa*) + Hansen **74 D (*O coelho tem sede e quer beber num rio guardado pelo tigre*)
   Versões: (para o ATU 72) 5 africanas; 14 brasileiras; (para o **74 D) 4 portuguesas; 6 africanas; 31 brasileiras.
   Nota: A primeira parte deste conto é nitidamente afro-brasileira. A segunda parte (com um coelho besuntado com mel e coberto de folhas para tentar enganar o predador que está de guarda ao rio), embora exista em Portugal, está mais próxima das variantes africanas, em que a estratégia de dar mel ao guarda é crucial para o êxito da manobra.

A ONÇA, O COELHO E O JACARÉ
   Classificação: Conto moldura Robe 74*E (*O animal esperto faz pedidos a Deus*) + ATU 72 (*O coelho monta a raposa*) + ATU 175 (*O boneco de pez e o coelho*) + Hansen **74 (*O coelho tem sede e quer beber num rio guardado pelo tigre*)
   Versões: (para o Robe 74*E) 6 guineenses; 5 brasileiras; (para o ATU 72) 5 africanas; 14 brasileiras; (para o ATU 175) 2 portuguesas; 21 africanas; 16 brasileiras; (para o **74 D) 9 portuguesas; 12 africanas; 42 brasileiras. **Nota:** Apesar de estar classificado da mesma forma do conto anterior, a tessitura do presente conto é bastante diferente, e tudo devido a um "conto moldura", artifício narrativo do informante. Esta janela enquadra os episódios de acordo com uma lógica única: um conjunto de tarefas que Deus dá ao coelho. O motivo do boneco de cera, de origem africana, é aqui meramente instrumental para os intentos do coelho. O episódio do jacaré não é classificável.

A ONÇA E O GATO
   Classificação: ATU 105 (*A única manha do gato*)
   Versões: 3 portuguesas; 11 brasileiras
   Nota: Fábula esópica conhecida em toda a Europa, América Latina, norte da África e Oriente Médio. Em Portugal o truque do gato é subir às árvores, ficando assim a salvo da raposa que se gaba de ter "mil manhas". Nas versões brasileiras o animal que a substitui — a onça — é mais humilde e paciente, tentando aprender todos os truques do gato.

A BOTINA DO AMIGO BODE
   Classificação: ATU 122 Z (*Outros truques para evitar ser comido*)
   Versões: Não há mais versões conhecidas.

Nota: Este tipo-miscelânea serve para receber todos os contos de animais ATU 122 (que contém o motivo K550), mas que não se integram em nenhum outro subtipo.

O BEM SE PAGA COM O BEM
Classificação: ATU 155 (*A serpente ingrata volta ao cativeiro*)
Versões: 22 portuguesas; 41 africanas; 19 brasileiras; 2 timorenses.
Nota: Este conto está documentado desde o século XII na *Disciplina clericalis* de Petrus Alfonsus. Contudo, os motivos que o compõem já estão presentes nas fábulas esópicas, atestando de forma clara a sua antiguidade. O curioso desta versão é a presença do jacaré como animal ingrato, substituindo a cobra. Um parente próximo deste animal — o crocodilo — aparece nas versões de Timor.

O MACACO E A VELHA
Classificação: Marzolph *122 F (*Fuga dentro de uma cabaça*)
Versões: 130 portuguesas; 2 angolanas; 3 brasileiras.
Nota: O que espanta neste conto é a quantidade imensa de versões portuguesas, contrastando com a sua penúria no resto do mundo. Começando pela classificação, fomos encontrá-la num catálogo de contos persas, que faz referência a seis versões do Irã e uma do Paquistão. Camarena e Chevalier dão-lhe outra classificação no seu catálogo de contos espanhóis de animais em que encontramos duas versões como Ca-Ch 168 B. As outras versões conhecidas são a presente e outra brasileira, a angolana elencada acima e outra do Nepal existente num livro de contos para crianças da Unesco.

A FESTA NO CÉU
Classificação: ATU 225 (*A cegonha ensina a raposa a voar*)
Versões: 52 portuguesas; 1 angolana; 25 brasileiras.
Nota: Mais uma versão desta tão conhecida história de animais. Desta vez o anfitrião é o urubu (e não São Pedro). Nas versões portuguesas, o animal sem penas (raposa) agarra-se com as unhas às costas da ave (grou ou cegonha). Nas versões brasileiras, é habitualmente o sapo que se faz transportar dentro de um objeto que a ave leva (desta vez é um violão). Existem outras versões de cariz etiológico que explicam ser devido a esta queda sobre o lajedo que o sapo tem o couro cheio de "remendos".

O CURIANGO E A *ANDALUA*
Classificação: ATU 236* (*Imitação de sons de pássaros*)
Versões: 16 portuguesas; 1 moçambicana; 6 brasileiras.
Nota: Este conto onomatopaico tende para a utilização de pássaros existentes no país em que são contados. A razão é simples: a imitação dos sons dos pássaros por parte do contador pressupõe um reconhecimento dos mesmos por parte de quem o escuta. Assim, nas versões portuguesas, encontramos o cuco, o melro, o mocho, o rouxinol, a gralha, o corvo, etc. No Brasil, pelo menos nesta versão, são imitados dois pássaros que só habitam a América do Sul.

O SAPO BOÊMIO
Classificação: ATU 288 B* (*O sapo apressado*)
Versões: 17 portuguesas; 4 brasileiras.
Nota: Curto conto de animais que tem como base o provérbio "devagar se vai ao

longe". Nesta versão o sapo brasileiro cai devido a uma pressa real, e praguejar porque derramou o precioso líquido. Nas versões portuguesas, a história é outra. Trata-se sempre de um sapo que quer saltar sobre uma ribeira (sulco no terreno), mas não se decide a fazê-lo. Passado muito tempo ele salta, mas cai dentro de água (do sulco) e amaldiçoa as pressas, pois não quer reconhecer a sua falta de destreza.

A MENINA E O VELHO DO SURRÃO
Classificação: ATU 311 B* (*O surrão que canta*)
Versões: 9 portuguesas; 2 angolanas; 5 moçambicanas; 9 brasileiras.
Nota: Este conto encontra-se na Península Ibérica (e, por extensão migratória, no Caribe de fala espanhola e no Brasil), no Oriente Médio, na Rússia e na África Central. Esta versão aproxima-se bastante das suas congêneres angolanas. Enquanto na Europa a criança é raptada dentro de um saco, nas africanas é colocada em um tambor.

O CAVALO ENCANTADO
Classificação: ATU 325 (*O feiticeiro e seu aprendiz*)
Versões: 17 portuguesas; 5 cabo-verdianas; 15 brasileiras.
Nota: Muito embora alguns episódios deste conto estejam nas *Metamorfoses* de Ovídio, a sua forma canônica aparece pela primeira vez no século XVI nas *Piacevoli notti* de Straparola (VIII, 4). A exuberância das transformações operadas no final da história está no nível das do conto *Guime e Guimar* (também recolhido por Marco Haurélio e integrado à obra *Contos folclóricos brasileiros*, 2010).

A FAZENDA ASSOMBRADA
Classificação: ATU 326 (*O jovem que queria saber o que é ter medo*) + Roth 1135 (*Diabretes no churrasco*)
Versões: (para o ATU 326) 30 portuguesas; 8 cabo-verdianas; 38 brasileiras; (para Roth 1135) 10 portuguesas; 6 brasileiras.
Nota: Eis um exemplo de narrativa que se situa entre conto e lenda. O "dizem que havia" pressupõe certa crença no fenômeno narrado, e alguns elementos como o desaparecimento da assombração com o cantar do galo reforçam o lado lendário. Por outro lado os diálogos formulísticos ("Eu caio!") mostram que ainda estamos no domínio do conto. O tema central do conto é testar o medo de um jovem intrépido, submetendo-o ao contacto com o mundo do sobrenatural (mortos; diabos — o moleque com o sapo) por vezes de natureza sexual. Nesta versão este motivo é sugerido com a dança da umbigada com as mulheres dos oficiais. A sua coragem é recompensada com tesouros.

O HOMEM QUE TENTOU ENGANAR A MORTE
Classificação: variante de ATU 332 (*A morte madrinha*)
Nota: Sem análogos conhecidos na área lusófona.

O NOIVO DEFUNTO
Classificação: ATU 365 (*O noivo defunto carrega a sua noiva*)
Nota: Esta é a primeira versão conhecida em forma de conto em toda a área lusófona. A narrativa sustenta-se na crença em fantasmas e encontra-se próxima do gênero lendário. O antecedente mais ilustre desta narrativa é uma balada com o título de *Lenore*.

A Serpente Negra

Classificação: ATU 400 (*O homem em busca da esposa desaparecida*)
Versões: 23 portuguesas; 12 cabo-verdianas; 18 brasileiras; 1 timorense.
Nota: Trata-se de um conto-tipo que espelha o ATU 425 no qual a mulher que está encantada. Ao violar um tabu o homem provoca o desaparecimento (fuga) da mulher e tem de ir em sua demanda. Ao superar determinadas tarefas (com ou sem a ajuda de animais auxiliares), consegue enfim desencantá-la.

O príncipe Cavalinho

Classificação: ATU 433 B (*O rei Lindorm*)
Versões: 19 versões portuguesas; 3 africanas; 23 brasileiras; 1 timorense.
Nota: Na sua última revisão do catálogo internacional, H.-J. Uther resolveu juntar dois subtipos AT anteriormente autônomos A e B sob um só tipo indiviso. Contudo permanecem, em nossa opinião, dois tipos distintos. A presente versão brasileira é a que se aproxima mais das versões portuguesas. No entanto, este tipo aparece na sua esmagadora maioria ligado aos subtipos 425 A ou 425 D, ao passo que no Brasil o tipo surge de forma autônoma.

A Moura Torta

Classificação: ATU 408 (*As três laranjas*)
Versões: 57 portuguesas; 3 africanas; 25 brasileiras.
Nota: A versão escrita mais antiga remonta ao século XVII, aparecendo no *Pentamerone* de Giambattista Basile (V, 9). É fundamentalmente um conto mediterrânico, mas aparece também de modo sistemático na América Latina e algumas vezes na Escandinávia, Ásia e África.

Angélica mais afortunada (O príncipe Teiú)

Classificação: ATU 425 E (*O marido encantado canta uma canção de embalar*)
Versões: 9 portuguesas; 7 brasileiras.
Nota: Outra versão que existe no *Pentamerone* (II, 9). Se excetuarmos a Escandinávia, este conto tem aproximadamente a mesma expansão geográfica que o anterior. Ao contrário das versões portuguesas nas quais a heroína segue um novelo de lã até a casa da sogra, onde dá à luz e, com a ajuda desta, desencanta o marido, as versões brasileiras seguem mais de perto a descrição do tipo no catálogo internacional com um final em que o desencantamento é conseguido pelo marido que canta versos formulísticos ao seu filho.

O príncipe Cascavel

Classificação: ATU 751 A* (*Uma mulher convida Deus a entrar em sua casa*) + ATU 433 B (*O rei Lindorm*)
Versões: (para o ATU 751 A*) 12 portuguesas; 17 brasileiras; (para o ATU 433 B) 19 versões portuguesas; 3 africanas; 23 brasileiras; 1 timorense.
Nota: Curiosa mistura de conto religioso com conto maravilhoso. A primeira parte surge fundamentalmente na Europa oriental e também na Península Ibérica. Até agora só se conhecia uma versão da América Latina proveniente do México [Robe 1971: nº

8, *Dios y San Antonio*]. A segunda parte corresponde a um tipo mais universal, mas convém dizer que, neste caso, esta versão aproxima-se das variantes africanas do *Rei Lindorm* (não contabilizadas mas numerosas).

Maria Borralheira
Classificação: Ca-Ch 480A (*As irmãs filhas de mãe e de madrasta*) + ATU 510A (*A gata borralheira*)
Versões: (para o Ca-Ch 480A) 18 portuguesas; 4 cabo-verdianas; 15 brasileiras; (para o ATU 510A) 41 portuguesas; 10 africanas; 37 brasileiras; 1 de Goa; 1 de Timor-leste.
Nota: A tradição brasileira acarinhou bastante este subtipo ibérico da *Menina boa e menina má*, que tem como principal característica a existência de uma vaquinha ajudante, imagem da mãe morta da heroína. A segunda parte continua com o tipo 510 do qual existem dois subtipos: o presente — A — quando a heroína vive na casa da madrasta com as filhas desta, e o subtipo B, quando a heroína foge a um pai incestuoso e vive em casa do príncipe (Ver *Cara de pau, Contos folclóricos brasileiros*, 2010).

O corcunda e o zambeta
Classificação: ATU 503 (*As dádivas das bruxas*)
Versões: 24 portuguesas; 2 moçambicanas; 10 brasileiras
Nota: Narrativa ambígua relativamente ao seu gênero. Por um lado o informante localiza a ação com precisão no nível geográfico e diz-nos mesmo que se trata de um "caso" verídico. A alma penada que surge no lugar das bruxas ou diabos e o cemitério como espaço da ação também nos dão certo ambiente de lenda. Tudo isto passa para segundo plano quando nos vamos apercebendo que a narrativa evolui do fantástico para o jocoso, acabando num conto de exemplo. Na sua essência este conto resume-se à generosidade recompensada *versus* cupidez castigada.

O Diabo e o andarilho
Classificação: AT 506** (*O Diabo agradecido*)
Versões: 1 portuguesa; 5 brasileiras
Nota: Ecotipo da Lituânia (segundo Aarne-Thompson 1961). Este conto raro baseia-se no motivo N 848.1 (*O herói restaura a imagem de um santo e mais tarde é ajudado por este*). A presente versão não surge muito contaminada, mas as outras versões brasileiras parecem participar de outros tipos como o anterior AT 506* (*A profecia evitada*).

A afilhada de Santo Antônio
Classificação: ATU 514** (*A rapariga vestida de homem é cortejada pela rainha*) + AT 884 B* (*A rapariga vestida de homem engana o rei*) + ATU 514 (*A mudança de sexo*)
Versões: (para o ATU 514**) 44 portuguesas; 2 africanas; 13 brasileiras; (para o AT 884 B*) 7 portuguesas; 1 cabo-verdiana; 3 brasileiras; (para o ATU 514) 1 portuguesa; 1 cabo-verdiana; 2 brasileiras.
Nota: A principal característica desta versão é a sua composição híbrida e contaminada de três tipos que normalmente não se misturam no mesmo conto. O primeiro tipo aparece seguindo a linha da costa do Mediterrâneo norte, de Portugal a Israel; o segundo aparece sobretudo em forma de romance ibérico, *A donzela guerreira*; o último tipo é o mais raro na área lusófona, apesar de ser, dos três, o mais espalhado por toda a Europa.

O COMPADRE RICO E O COMPADRE POBRE
   Classificação: ATU 563 (*A mesa, o burro e o pau*)
   Versões: 36 portuguesas; 19 africanas; 24 brasileiras.
   Nota: Este é um conto que se encontra disseminado por todo o mundo para além de possuir uma versão literária de peso no *Pentamerone*, jornada I, conto 1, de Giambattista Basile (século XVII). É de certa forma um conto moralizador que mostra a cobiça punida e a bondade e a ingenuidade recompensadas. O ajudante mágico é, neste caso, uma espécie de divindade administradora da justiça.

A PRINCESA DE CHIFRES
   Classificação: ATU 566 (*Os três objetos mágicos e os frutos maravilhosos*)
   Versões: 8 portuguesas; 1 cabo-verdiana; 2 brasileiras; 1 de Timor-leste.
   Nota: Trata-se de uma versão "incompleta" em que só figura o episódio final deste conto-tipo no qual os elementos maravilhosos são colocados a serviço do caráter cômico da história.

O GATO PRETO
   Classificação: ATU 821A* (*Os ardis do Diabo separam casais e amigos*) + ATU 613 (*Os dois viajantes*)
   Versões: (para o ATU 821 A*) 7 portuguesas; 17 brasileiras; (para o ATU 613) 18 portuguesas; 11 africanas; 15 brasileiras
   Nota: Este conto é um caso bem-sucedido de dois tipos que se entretecem e avançam paralelamente ao longo da narrativa. O problema começa com um desejo imprudente da mulher e respectivo aproveitamento do tinhoso. Nas versões portuguesas, o Diabo é apenas quem instiga uma mulher a desunir o casal. Nas brasileiras, é o próprio capeta que, sob forma animal (gato ou cão), se imiscui na relação matrimonial. O marido descobre, porém, o ardil do Diabo juntamente com outros segredos que o farão rico e feliz junto da esposa. Para rematar a história, o vizinho ganancioso quer também enriquecer e é castigado. Temos portanto um conto que começa por ser religioso, envereda pelo maravilhoso e termina sendo de exemplo.

O GALO ACONSELHADOR
   Classificação: ATU 670 (*O homem que entende a linguagem dos animais*)
   Versões: 2 portuguesas; 14 africanas; 12 brasileiras.
   Nota: Eis um conto-tipo conhecido em todos os continentes. Na tradição escrita europeia aparece já na Idade Média em três versões na *Gesta romanorum*. No mundo lusófono, porém, esta história encontra-se mais bem representada no Hemisfério Sul (África e Brasil). Na presente versão, a informante omite a primeira parte da história (na qual o homem, por entender a linguagem dos animais, ri de um diálogo entre eles e é obrigado, pela sua mulher, a revelar o segredo), e só se interessa pela lição que o galo dá ao homem no sentido de pôr a sua mulher na ordem.

SÃO BRÁS
   Classificação: ATU 750 C (*A mulher má é punida por Deus*)
   Versões: 14 portuguesas; 22 brasileiras.
   Nota: Este conto é tradicionalmente usado como enquadramento a uma oração contra os engasgos (a itálico no texto). Nas versões portuguesas, São Brás é substituído

por Nossa Senhora ou Jesus Cristo e o seu poder taumatúrgico exerce-se contra as dores ou inflamações.

Nossa Senhora e o favor do bêbado
Classificação: variante de ATU 750 E (*A fuga para o Egito*)
Nota: Este tipo integra todas as versões nas quais humanos, animais ou vegetais ajudam ou dificultam a vida à Família Sagrada, recebendo os primeiros uma bênção e os segundos uma maldição. Geralmente as versões encerram com uma etiologia que no presente caso justifica o provérbio "Ao menino e ao borracho põe Deus a mão por baixo".

São Pedro tomando conta do tempo
Classificação: ATU 752 B (*O vento esquecido*)
Versões: 1 portuguesa; 2 brasileiras
Nota: Conto raro na área lusófona, é, contudo, um conto pan-europeu. As exceções extraeuropeias encontram-se precisamente nas Américas: uma na Louisiana, de origem francesa (Cajun), e outra recolhida perto de São Paulo, no Brasil. O presente conto é pois a segunda versão brasileira conhecida. Estruturalmente este conto segue a oposição Cristo-São Pedro, presente em tantos outros deste extenso ciclo, em que o apóstolo quer fazer as coisas à sua maneira, com resultados desastrosos, pois se esqueceu do vento como fator essencial a uma boa colheita. No final, Cristo dá-lhe uma lição, mais uma vez.

O ladrão que tentou roubar Jesus
Classificação: ATU 753* (*Jesus transforma um ladrão em burro*)
Versões: 7 portuguesas; 10 brasileiras.
Nota: É um conto religioso do ciclo de Jesus e São Pedro. Estes contos são constituídos por peripécias e episódios curtos de cariz humorístico ou moralizante. Neste caso, um ladrão inveterado aprende à sua custa o valor do trabalho honesto.

Jesus e as duas mulheres
Classificação: ATU 756D* (*Quem é o mais devoto?*)
Versões: 16 portuguesas; 21 brasileiras (como ATU 759).
Nota: Segundo o catálogo de contos religiosos espanhóis de Camarena e Chevalier, este tipo é exclusivamente ibérico, não aparecendo sequer na América de fala castelhana. Falta analisar uma a uma as versões brasileiras classificadas como ATU 759, mas basta a presente para assegurar que este conto existe também na América do Sul.

A madrasta malvada
Classificação: ATU 780 B (*O cabelo que fala*)
Versões: 40 portuguesas; 9 africanas; 18 brasileiras; 1 de Timor-leste.
Nota: Este conto parece estar limitado à orla do mar Mediterrâneo, de Portugal ao Egito. Fora desta área, só aparece na zona sul-americana do Caribe e no Brasil, as mais antigas zonas de imigração proveniente da Península Ibérica. Dentre as versões da África negra, a de Cabo Verde é nitidamente de origem portuguesa; as outras três

(nomeadamente duas angolanas) são variações longínquas sobre o tema. O final desta versão indica um lugar real, apontando já na direção da lenda.

Jesus, São Pedro e os jogadores
Classificação: ATU 791 (*Cristo e São Pedro na pousada*)
Versões: 14 portuguesas; 26 brasileiras.
Nota: Este conto só é religioso porque nele estão presentes as figuras sagradas de Cristo e São Pedro. Na verdade a sua estrutura é a de um conto jocoso no qual São Pedro apanha de criar bicho e volta a apanhar tal como as marionetes de feira. Já não se trata de humor, mas de riso ou mesmo gargalhada. O final mostra que afinal Cristo só quis dar uma lição ao discípulo e mostrar-lhe que a teimosia é um defeito, devolvendo o caráter exemplar ao conto.

A mãe de São Pedro
Classificação: ATU 804 (*A mãe de São Pedro cai do Paraíso*)
Versões: 17 portuguesas; 9 brasileiras.
Nota: A presente versão distingue-se do "tipo" na medida em que introduz três quadras no interior do conto (contaminação do cordel?) e por um final, também ele contaminado pelo episódio final do ATU 330 (*O ferreiro e o Diabo*). Transportado para o conto este episódio dá uma nota cômica a um conto essencialmente de exemplo.

O gato preto e a mulher maltratada
Classificação: ATU 821 A* (*Os ardis do Diabo separam casais e amigos*) ATU 613 (*A verdade e a falsidade*)
Versões: (para o ATU 821 A*) 7 portuguesas; 17 brasileiras; (para o ATU 613) 18 portuguesas; 11 africanas; 15 brasileiras.
Nota: Outro conto que começa como um tipo religioso e acaba como maravilhoso. Desta vez a tonalidade religiosa domina, contaminando o maravilhoso com o sobrenatural.

Os dois lavradores
Classificação: ATU 830 B (*A minha colheita vai ser abundante sem a bênção de Deus*)
Versões: 29 portuguesas; 2 africanas; 13 brasileiras (como AT 752 C*).
Nota: As seis versões do catálogo brasileiro ainda estão classificadas de acordo com o catálogo internacional de 1961. No catálogo ATU, esta versão integra um conjunto de variantes resumidas na alínea (2), e faz parte do ciclo de Cristo e São Pedro. Contrariamente, o grosso das versões portuguesas está resumido na alínea (1), integrando o ciclo da fuga da família sagrada para o Egito.

História do teimoso
Classificação: ATU 830C (*"Se Deus quiser"*)
Versões: 16 portuguesas; 5 brasileiras
Nota: Tipo-miscelânea que se caracteriza pela existência do motivo expresso no título. Habitualmente adverte o ouvinte contra a "heresia" de não colocar o "destino" nas mãos de Deus, e suas consequências. Talvez por se tratar de um tema de fé, este tipo encontra-se sobretudo em países católicos, ortodoxos, judaicos e muçulmanos. Os países protestantes do norte da Europa (e toda a América do Norte) estão ausentes deste rol.

São Longuinho
:   **Classificação:** Tubach 3086 (*São Longino recupera a vista*)
    Versões: 1 portuguesa; 2 brasileiras.
    Nota: É nitidamente um conto de cariz religioso, apesar de, por força do número conferido no catálogo de Tubach, se encontrar fora do seu lugar natural, ao lado dos congêneres. A Idade Média é fecunda em *exempla* deste gênero, cheios de milagres, vidas de santos e episódios da vida de Cristo. A versão portuguesa tem lugar no *Golgotha,* durante a crucificação.

Bertoldo e o rei
:   **Classificação:** ATU 875E (*A decisão injusta*)
    Versões: 1 portuguesa; 25 africanas; 12 brasileiras.
    Nota: A principal característica do tipo em questão é a presença do motivo J1191.1 (redução ao absurdo), utilizado pelo herói no confronto com um personagem com mais poder que ele (regra geral, um rei). O grosso das versões portuguesas em que é utilizada esta estratégia (por uma mulher) é classificado como ATU 875, no qual a engenhosa manobra pertence a um contexto mais largo. Nas versões africanas, os personagens são animais e o herói é quase sempre uma tartaruga que utiliza como argumento absurdo o fato de um animal macho parir. Já as versões brasileiras são de natureza um pouco diferente. Trata-se de um confronto entre um herói pícaro (regra geral, *Camonge*) e um rei. Nessa disputa o rei invoca o fato de um animal macho dar leite, e o herói o de um homem parir uma criança. A presente versão, com Bertoldo como herói, é variante deste conto-tipo.

Camões e os bois do rei
:   **Classificação:** ATU 875E (*A decisão injusta*)
    Versões: 1 portuguesa; 25 africanas; 12 brasileiras.
    Nota: Ver nota relativa ao conto *Bertoldo e o rei*.

Toco Preto e Melancia
:   **Classificação:** ATU 885 A (*A falsa morta*)
    Versões: 5 portuguesas; 13 brasileiras (como 885 B)
    Nota: Com provável origem chinesa, este conto aparece pela primeira vez na Europa impresso no *Decameron* de Bocaccio (X, 4). No Brasil, onde é muito conhecido, parece ter sido influenciado por um folheto de cordel de grande divulgação.

Os três conselhos sagrados
:   **Classificação:** ATU 910 B (*A observância dos conselhos do patrão*)
    Versões: 25 portuguesas; 23 brasileiras.
    Nota: Conto realista que pode ser considerado um conto de sabedoria. Nele, dois homens são postos à prova: um segue os bons conselhos do patrão; o outro despreza-os. O primeiro colhe os frutos; o segundo, as desastrosas consequências. Note-se que a narrativa faz menção a uma cidade real — São Paulo —, acentuando ainda mais o caráter realista do conto na fronteira com o acontecimento real.

O Urubu-Rei
Classificação: ATU 923 (*O sal como prova de amor*)
Versões: 66 portuguesas; 3 brasileiras.
Nota: Variante muito curiosa, certamente influenciada pelo colorido local. Aqui a prova de amor que a princesa tem de superar perante seu pai está relacionada com o conteúdo de um sonho e não com o sabor do sal. Mas o que torna esta versão verdadeiramente insólita é o episódio central em que entra em cena um príncipe encantado em urubu que salva a princesa *in extremis* de um grupo de animais predadores, depois de esta tê-lo rejeitado três vezes. Os diálogos formulísticos lembram os contos africanos. Este episódio, apesar de diferente, preenche a mesma função estrutural das versões europeias: o encontro da princesa com um príncipe que acaba em casamento.

O testemunho das gotas de chuva
Classificação: ATU 960 (*Tudo é revelado à luz do dia*)
Versões: 9 portuguesas; 3 africanas; 3 brasileiras.
Nota: Mais um exemplo de conto baseado numa expressão popular. No caso da presente versão, a máxima é "Deus não dorme!". Esta encontra-se sutilmente integrada na narrativa em vez de estar colocada como remate moral. O tipo tem ressonâncias bíblicas no *Novo Testamento* (Marcos 4, 22; Lucas 8, 17; 12, 3).

Pedro Malazarte e o rei
Classificação: ATU 1000 (*Ganha quem não se zangar*)
Versões: 21 portuguesas; 14 cabo-verdianas; 13 brasileiras.
Nota: Este é um conto-tipo que habitualmente serve de "moldura" a uma sucessão de episódios de esperteza em que um jovem trabalhador logra o seu patrão. A presente versão é caso único, pois a sua narrativa é tão somente esta "moldura".

Com menino nem o Cão pode!
Classificação: AT 1162* (*O Diabo e as crianças*)
Versões: 5 portuguesas; 4 brasileiras.
Nota: Estas narrativas breves de cariz jocoso em que os personagens mais fracos levam a melhor sobre os mais poderosos foram um pouco desprezadas pelos folcloristas, daí a sua quase inexistência nas coletâneas e nos catálogos. Servem contudo para traçar relações significantes entre personagens — neste caso entre o Diabo e as crianças — que delineiam traços da psicologia popular, importantes numa visão de conjunto da narrativa tradicional.

A idade do Diabo
Classificação: ATU 1178 (*O Diabo ludibriado*)
Versões: 3 portuguesas; 10 brasileiras.
Nota: Na tradição portuguesa existe uma variante deste tipo em que o Diabo é geralmente enganado pela sopa de nabo ou abóbora. Quando ele pensa que está morna, ingere-a e queima-se (4 versões). Na presente versão, está em causa evitar que o Diabo cobre a dívida contraída pelo homem, e se apodere da sua alma. Nela, a estratégia encontrada para renegociar com o Diabo é fulcral. O motivo do Diabo

afugentado pelas partes pudendas da velha (K 83.1) está também presente como estratégia final no tipo ATU 1095 (*Competição a arranhar*); a tarefa de desencaracolar pelos púbicos da mulher está no tipo ATU 1175.

A preguiçosa e o cachorro
Classificação: ATU 1370 (*A esposa preguiçosa emenda-se*)
Versões: 5 portuguesas; 6 brasileiras.
Nota: Conto documentado desde o século XV na tradição escrita alemã. Encontra-se muito bem representado no norte e leste da Europa, e residualmente na área do Mediterrâneo. Presente quer em Portugal quer na Espanha, este conto vai aparecer em castelhano no Chile (com uma versão) e em português no Brasil (com 3 versões), o que mostra bem a raridade do tipo nesta área cultural.

A mulher preguiçosa
Classificação: ATU 1370 (*A esposa preguiçosa emenda-se*)
Versões: 5 portuguesas; 6 brasileiras.
Nota: Conhece-se deste conto-tipo uma versão alemã do século XV, *A facécia da mulher preguiçosa e do gato*, escrita por Jörg Zobel. A presente versão segue o modelo alemão passo a passo. Nas outras versões conhecidas, o gato é substituído por um casaco, que o marido obriga a mulher a vestir antes de o surrar.

Camões e a burra
Classificação: Jason 1538*A (*O segredo dito ao ouvido do burro*)
Versões: 14 portuguesas; 2 brasileiras.
Nota: Conto que aparenta ter origens sefarditas, pois só circula em espaços judaicos, antigos ou atuais, tais como a Península Ibérica (14 versões portuguesas; 9 espanholas), e no mundo mediterrâneo da diáspora, de Marrocos à Turquia (12 versões).

O urubu adivinhão
Classificação: ATU 1535 (*O camponês rico e o camponês pobre*) só parte III (K 114)
Versões: 42 portuguesas; 13 africanas; 29 brasileiras.
Nota: Este é um conto de um (falso) tonto que rapidamente aprende a usar a adversidade em seu favor. Neste caso transforma-se num espertalhão que burla a mulher adúltera com um falso animal adivinho, de modo a ganhar dinheiro com isso. A história narrada nesta versão constitui apenas um dos episódios na descrição do catálogo internacional. Note-se que em toda a área lusófona não se conhece nenhuma versão que corresponda à totalidade do modelo.

Presepadas de Camões
Classificação: Mot. 1053 / 1054 (*Nem nu nem vestido; nem a pé nem montado*) + ATU 1535 (*O camponês rico e o camponês pobre*) só parte V (K 842)
Versões: 42 portuguesas; 13 africanas; 29 brasileiras.
Nota: Eis um conto de esperteza narrado por episódios sucessivos nos quais o herói realiza provas aparentemente insuperáveis, que lhe dariam acesso à mão da princesa. Num episódio final, o herói livra-se de vez do opositor, o pai da princesa, e casa com esta. Mais do que um conto-tipo, esta versão é um conjunto de motivos tradicionais que o informante manipula à vontade de acordo com as necessidades de percurso do seu herói.

O MENINO E O PADRE
Classificação: Mot: *Gado do meu pai: os patos* + ATU 1562A (*O celeiro está a arder*)
Versões: 46 portuguesas; 13 brasileiras.
Nota: Conto documentado no século XV e difundido por toda a Europa e Américas. Põe em confronto a inocência sábia de uma criança e a arrogância de um clérigo movido por sentimentos de vingança. No final, o feitiço vira-se contra o feiticeiro, e o mal-intencionado é punido.

O PREGUIÇOSO
Classificação: ATU 1951 (*O arroz está cozido?*)
Versões: 3 portuguesas; 6 brasileiras.
Nota: Conto raro que nas Américas aparece sobretudo na zona do Caribe: Louisiana, México, República Dominicana. O seu propósito é criticar o homem como mandrião, característica normalmente atribuída às mulheres na tradição oral.

O GATO E A RAPOSA
Classificação: ATU 2034 (*O rato recupera a cauda*)
Versões: 20 portuguesas; 2 africanas; 7 brasileiras.
Nota: Neste conto cumulativo, habitualmente contado às crianças, o importante é a lógica das trocas. Desta vez os personagens mais característicos, os do título, coincidem no Brasil e em Portugal.

A COCA
Classificação: ATU 2034 C (*Trocas para melhor ou para pior*)
Versões: 44 portuguesas; 16 africanas; 18 brasileiras.
Nota: Outro conto cumulativo muito popularizado, principalmente graças à história d'*O macaco do rabo cortado*. O catálogo do conto popular brasileiro classifica-o seguindo o anterior catálogo internacional de 1961, com número AT 2037 A*. Para além desta versão, no Brasil existem mais duas com a coca como personagem principal.

A SOGRA PERVERSA
Nota: Muitas culturas veem na figura da sogra não um aliado do casal, mas um opositor, sempre disposto a praticar as piores ações para prejudicar o membro que não pertence à sua família de sangue. Este conto encena esse fato cultural mas utiliza-o para fins de moralização dos costumes: a traição e o orgulho, mais do que as relações de parentesco, são aqui visadas e punidas exemplarmente pelo sobrenatural (neste caso as potências infernais).

ADÃO E EVA
Versões: 2 portuguesas; 1 brasileira.
Nota: História etiológica construída sobre paráfrase ao livro do Gênesis.

O INGRATO
Nota: História realista — caso — que lembra o ATU 956 D (*Como uma rapariga (velha) se salva quando descobre um ladrão debaixo da sua cama*).

O NEGOCIANTE
   Nota: Trata-se de uma anedota.

O CAÇADOR
   Nota: Conto de interação entre os animais e o homem, no qual aqueles comportam-se como animais, não assumindo as habituais características humanas. No cômputo geral, apesar de narrar uma situação insólita, improvável, este conto aproxima-se, no tom, de um caso.

A MENDIGA
   Nota: Conto religioso em que é o próprio morto que demonstra ao vivo uma verdade fundamental que este não praticou, neste caso, o valor da caridade cristã. A figura da alma penada (agradecida ou em necessidade) aparece muitas vezes neste gênero de narrativas tradicionais, denunciando crenças profundas na possibilidade de aceder ao mundo dos mortos e vice-versa.

O BICHO TUÊ E O GRILO
   Nota: Desde o motivo inicial do pai que promete a filha a um monstro, a narrativa parece encaminhar-se para um dos muitos subtipos 425 (*O noivo animal*). Porém o que acontece é uma fuga contínua até ao final; não há desencantamento do monstro (em príncipe) nem casamento com o herói ajudante (grilo). O limiar do medo nunca é superado pela menina (nem pelos seus pais) e a história é uma verdadeira descrição de um pesadelo.

O MACACO, O VAQUEIRO E A ONÇA
   Nota: Existem outras versões semelhantes; no entanto, nenhuma classificação foi encontrada.

O GAVIÃO E O URUBU
   Nota: Conto de animais sem classificação nos catálogos conhecidos, mas que circula na tradição brasileira. Talvez um ecotipo. Em 1930, Pixinguinha gravou um choro (para flauta e violão) inspirado neste conto.

O HOMEM QUE FOI PARA A GUERRA
   Classificação: IGR 0113 (*O Regresso do Marido*)
   Nota: Prosificação do romance da Bela Infanta que conserva vestígios dos versos originais.

CAVEIRA, QUEM TE MATOU?
   Nota: Conto popular de origem africana, sem classificação nos catálogos conhecidos. No índice de motivos de Stith Thompson, é identificado como B.210.2 (*A caveira que se recusa a falar*).

A MÃE D'ÁGUA DO SÃO FRANCISCO
   Nota: É o caso mais curioso (e raro!). Trata-se de uma narrativa melusínica (remonta à Idade Média francesa) da qual existe, entre outras mais parecidas com a desta coletânea, uma versão literária nos *Contos populares do Brasil*, de Sílvio Romero.

BIBLIOGRAFIA

Para classificação e notas de Paulo Correia

AT, Antti Aarne e Stith Thompson: *The Types of the Folktale. A Classification and Bibliography*. 2. ed. revista. (F.F. Communications 184.) Helsinki, Academia Scientiarum Fennica, 1961.

ATU, Hans Jörg Uther: *The Types of International Folktales. A Classification and Bibliography*. 3 vols. (FF Communications 284-286.) Helsinki: Academia Scientiarum Fennica, 2004.

Ca-Ch, Camarena, Júlio e Chevalier, Maxime: *Catálogo Tipológico del Cuento Folklórico Español. Cuentos Maravillosos*. Madrid, Gredos, 1995.

_____: *Catálogo Tipológico del Cuento Folklórico Español. Cuentos Religiosos*. Madrid, Centro de Estudios Cervantinos, 2003.

Cardigos, Isabel e Correia, Paulo: *Catálogo do conto tradicional português*: Faro, Centro de Estudos Ataíde Oliveira, inédito atualizado até 2007 [fonte para as versões portuguesas, africanas, goesas e timorenses].

Hansen, Terence Leslie: *The Types of the Folktale in Cuba, Puerto Rico, the Dominican Republic and Spanish South America*. (Folklore Studies 8) Berkeley and Los Angeles, University of California Press, 1957.

Jason, Heda (1965) – "Types of Jewish-Oriental Oral Tales." Fabula 7. Berlim/Boston: De Gruyter, p.115-224.

Marzolph, Ulrich: *Typologie des Persischen Volksmärchens*. (Beiruter Texte und Studien 31.) Beirut, In Kommission bei Franz Steiner Verlag, Wiesbaden, 1984.

Nascimento, Bráulio do: *Catálogo do conto popular brasileiro*. Rio de Janeiro, IBECC / Tempo Brasileiro, 2005 [fonte para as versões brasileiras].

Noia Campos, Camiño: *Catálogo Tipolóxico do Conto Galego de Tradición Oral*. Vigo, Servizo de Publicacións da Universidade de Vigo, 2010.

Robe, Stanley L. 1971: *Mexican Tales and Legends from Veracruz*. Berkeley, Los Angeles, London; University of California Press.

Roth, Klaus (org.): *Typenverzeichnis der Bulgarischen Volksmärchen*. Helsinki, Academia Scientiarum Fennica (FF Communications 257), 1995.

Thompson, Stith 1955-1958: *Motif-Index of Folk-Literature*. Vols I-VI. 2. ed. Copenhagen & Bloomington: Indiana University Press.

Tubach, Frederic C. 1981: *Index Exemplorum. A Handbook of Medieval Religious Tales*. (FF Communications 204). Helsinki, Academia Scientiarum Fennica.

BIOGRAFIAS

Marco Haurélio nasceu em Ponta da Serra, distrito de Riacho de Santana, sertão da Bahia, a 5 de julho de 1974. O contato com a cultura espontânea ocorre ainda na infância, quando ouvia, narradas pela avó Luzia Josefina de Farias (1910-1983) muitos contos reunidos neste livro, rememorados por seu pai, Valdi Fernandes, e por sua tia Isaulite (Lili). Motivado pelas leituras noturnas de folhetos de cordel, tornou-se um leitor contumaz e, hoje, é um dos grandes nomes da poesia popular brasileira, com dezenas de títulos publicados.
Pesquisador da cultura popular, tem artigos publicados em revistas como *Cultura Crítica* (da Pontifícia Universidade Católica-PUC, São Paulo), *Páginas Abertas* (Paulus), *Direcional Educador* (Grupo Direcional) Carta Fundamental e *Discutindo Literatura* (Escala Educacional). Lançou *Breve história da Literatura de Cordel* (Ed. Claridade), e, com base numa recolha feita no sertão baiano, em 2005, organizou as antologias *Contos folclóricos brasileiros* (publicada em 2010 pela Paulus), *Contos e fábulas do Brasil* (Nova Alexandria) e *O princípe Teiú e outros contos brasileiros* (Aquariana, 2012). Em 2011, o melhor de sua produção poética foi reunido pela Global Editora no livro *Meus romances de Cordel*.

Severino Ramos nasceu no município paraibano de Areia, no dia 1º de abril de 1963. Matriculou-se no curso de desenho industrial na Universidade Federal da Paraíba, mas acabou desistindo para dedicar-se às artes plásticas. Participou de várias exposições no Museu Assis Chateaubriand em Campina Grande. Em 1987, mudou-se para São Paulo, onde, durante muitos anos, expôs suas obras na Galeria de Arte Brasileira. Ilustrador de livros infantis e de folhetos de cordel, seu estilo é uma síntese de várias escolas. Entre os livros que ilustrou estão *Hamlet*, versão em cordel de Rafael de Oliveira para a peça de Shakespeare, e *Viagem aberta, mundo sem volta*, de Mustafa Yazbek (ambos pela Nova Alexandria).

Paulo Correia nasceu em Faro (no extremo sul de Portugal) no ano de 1966. Desde cedo começou a ouvir histórias da tradição oral, nomeadamente no seio da família materna, no concelho de Loulé, no centro do Algarve, onde o mundo tradicional ligado ao mundo rural ainda hoje perdura. Em Lisboa, formou-se em Antropologia e, paralelamente, frequentou as cadeiras de Etnomusicologia e Cinema.
Integra, desde 1997, o Centro de Estudos Ataíde Oliveira, fundado dois anos antes por Isabel Cardigos e Dias Marques, com o objetivo de recolher, tratar e divulgar a literatura de tradição oral portuguesa, através da revista internacional *E.L.O.* É responsável pela constituição, classificação e atualização do arquivo de versões, base de dados e catálogos (em inglês e português) que resumem a parte conhecida da tradição contística portuguesa (alargada recentemente a toda a área lusófona graças à inclusão de um acervo substancial de versões africanas e brasileiras).

Este livro foi composto em Adobe
Garamond Pro 12pt. e FFF Tusj 18pt.
e impresso em Pólen Bold 90g/m².